不起眼的我在妳房間做的事 班上無人知曉

3

ヤマモトタケシ
插畫 アサヒナヒカゲ

Kadokawa Fantastic Novels

I am boring, but my classmates do not know

what I am doing in your room.

CONTENTS

CHARACTER

what I am doing in your room.

I am boring, but my classmates do not know

遠山佑希

獨來獨往的邊緣人主角。興趣是讀書，第一印象看來老實，
卻意外地好勝。與高井的關係被上原得知之後，
被逼著做出決斷的時刻即將到來。

高井柚實

主角的炮友，長居於圖書室。出於與上原的對抗心理
而將頭髮剪短，改變形象成為清純可愛的美少女。
解決與家人間的爭端之後，她對上原坦白了自己與遠山的關係。

上原麻里花

外表華麗、性格極為善良，班上最受歡迎的人物。
對主角原本就有好感，在受到誹謗中傷時得到主角的幫助，
以此為契機，她對遠山的思慕愈來愈深。
即使從高井那裡聽聞她與遠山的關係，她也沒有放棄，
依然一心一意地喜歡遠山。

高井伶奈

高井柚實的姊姊。性格自由奔放，擔任模特兒工作，
秀麗端莊，頭腦也很好的完美美女。與妹妹的個性正好相反，
社交性強，擁有優秀的溝通能力，從小就是個風雲人物。

沖田千尋

主角的好友。個頭矮小，第一眼會被誤認為女性的美少年。
個性單純，不會懷疑他人也不會把別人想得很壞。

遠山菜希

主角的妹妹。重度兄控，言行舉止異於常人。

相澤美香

上原、高井的好友。看似初中生實則有大姊頭風範值得信賴。
善於觀察，能夠敏感地察覺對方的內心想法，為人著想。

藤森加奈子

高井柚實的打工地點的工作人員，是個女高中生。
與她辣妹的外表相反，是個愛讀書的人，高井的商量對象。

青木達也

高井柚實的打工地點的工作人員，個性爽朗的型男大學生。
向高井柚實告白但遭到了拒絕。

自從高井向上原坦白後過了幾天，暑假的午後，遠山在房間中閒得發慌。

「哥哥，難得放暑假，你不要懶洋洋的，和高井學姊去約個會吧？」

菜希看不慣暑假哪裡都沒去，每天在家裡躺著的遠山，她坐在椅子上悠閒地對他說道。

菜希之所以不推薦上原而是高井，是因為她個人和高井比較要好，出自善意地為她著想吧。

她反倒對上原不知為何有種敵對心理，每次見面都會起口角。

「就算妳這麼說……我沒有錢，而且——」

「而且？」

菜希催促著說到一半又把話吞到肚裡的遠山繼續說下去。

「沒有……什麼事都沒有。」

「你說到一半真讓人在意耶，把話說完啦。或者是發生了什麼不能說的事情嗎？」

「……」

「難得可愛的妹妹主動要聽你說話呢，可以只聽你說，不追問喲。」

菜希這是在關心莫名沒有精神的哥哥，遠山自己也很清楚，但因為內容不適合對人提起，讓他猶豫著說還是不說。
「來，你就說出來吧。說不定會神清氣爽哦？」
菜希不是在開玩笑，而是以正經的表情直視遠山的眼睛。
「其實——」
遠山看到妹妹認真的神情後開始訴說。不過，他和高井有肉體關係這件事，讓他猶豫能否向初中生的妹妹說，他沒有說出一切。
「就算如此……那副德性的哥哥竟然不只有兩位美女喜歡，甚至還腳踏兩條船，真讓人驚訝啊。」
「腳踏兩條船很難聽耶……我和她們兩人都沒有正式交——」
遠山將還沒說完的「沒有正式交往」這句話給打住了。
「不……那只是藉口而已。」
遠山沒有再說下去，保持沉默。
「那你打算怎麼辦呢？聽你描述，我覺得高井學姊和上原學姊她們不會主動抽身，只能由哥哥你決定了不是嗎？」
總是將上原叫作「大奶星人」的菜希此時沒有開玩笑，而是稱她為「上原學姊」，由此可知她是認真地看待此事。
遠山也知道要是自己不做個決斷，再這樣下去只會拖泥帶水地被局勢牽著鼻子走。可是，他對上原與高井分別抱持著不同的愛情，正因如此才讓他深陷泥沼無法自拔。

「那麼……如果你沒辦法選擇哪一方，乾脆和她們兩人一起交往吧？」

可能是等待陷入沉默中的哥哥等到不耐煩了，菜希提出一個令人意想不到的提議。

「妳、妳在說些什麼啦？那種事……當然不可能吧！」

菜希這個想都沒想過的提議讓遠山語氣激動起來。

「不過，從我聽你說的目前狀況來看，你現在和腳踏兩條船沒有兩樣，就像把她們兩個都扣住不放耶？」

不管遠山怎麼說，從旁觀者的角度看來，這種狀況就是給予菜希這種印象吧。可以說一切的根本原因就在於遠山的態度不明確，對高井和上原兩人他都不曾表示過「喜歡」。

「……我也不是很清楚啊。」

菜希的正確言論迎面襲來，遠山重新找回放棄許久的思考，開口說道。

「什麼不清楚？」

聽到遠山的話，菜希歪了歪頭。

「你是說你對她們兩人的心意嗎？」

遠山對這兩位充滿魅力的女性抱持的到底是什麼感情，連他自己都不清楚。所以他才會沒辦法用言語表達自己的心意。

「是分不清喜歡還是討厭嗎？」

「當然我對她們兩人都是喜歡，這不是分辨喜歡還是討厭那麼單純的事情。」

遠山也不明白自己的心意，要向菜希說明清楚是不可能的。

「嗯……菜希我沒辦法理解呢，抱歉沒能幫上忙。」

菜希看起來感到很抱歉，但她不能理解是很正常的。

「不，菜希妳能聽我說就讓我很開心了。老實說，我正處於逃避思考的狀態，這成了我能夠重新拾回思考的機會，我很感謝妳哦。」

遠山早已放棄思考了，菜希則是給予他重新好好思考的契機。她說她沒能幫上忙，其實不然。

「能聽到你這麼說真是太好了，哥哥你也去見見她們兩人，試著確認自己的心意吧。」

「妳說得對……」

逃避現實無法解決任何事情。遠山感覺自己和菜希聊過之後，變得稍微正向積極了。

「菜希要準備午餐了，哥哥你也差不多該從被窩裡出來了。」

這麼說完，菜希就離開了遠山的房間。

「就像菜希說的，我得好好思考才行呢……」

遠山拿起放在邊桌上的手機，點開傳訊ＡＰＰ的圖示，開始輸入訊息。

「這樣就行了……」

發送完訊息的遠山從床上站起身來，走向菜希正在準備午餐的廚房。

◆

「那我出門嘍。」

吃完午餐準備好出門的遠山，向在玄關送行的菜希揮了揮手。

「哥哥你有種總算要開始動起來的感覺？沒想到你會突然去見高井學姊。」

遠山剛剛用手機傳出的是邀約高井到圖書館的訊息。雖然很突然，高井還是回應了邀約，可以見面。

「就像菜希妳說的一樣，躲在家裡也不能解決問題啊。」

被菜希在背後推了一把，遠山稍微積極地選擇要主動出擊。

「嗯，外頭很熱，小心別中暑了哦。替我向高井學姊問好。」

「好，我會注意的。」

在菜希的目送下出了玄關後，簡直要刺傷肌膚般的強烈盛夏陽光讓遠山瞇起了眼。

「好熱……這麼熱要是不小心真的會中暑呢。」

在持續照射的日光中，遠山一邊選擇陰涼的地方走，一邊前往約定集合的車站。

到達車站之後，遠山用手擦拭額頭的汗水，並後悔著自己挑選了最熱的時間點集合。

「要是把集合時間選在傍晚就好了……」

環顧剪票口周圍，他找到了他還看不習慣的便服打扮的高井。高井剪短頭髮，轉變形象，成為了無庸置疑的美少女，但她一點也不顯眼，安靜地站在剪票口旁邊。她不像上原那般外表華麗，所以沒有吸引周遭的注目。

「高井，讓妳久等了。抱歉我遲到了。」

「沒有，還沒到集合時間，沒關係的。」

「不過天氣很熱吧？」

「我待在陰涼處等你，沒問題的。」

高井的服裝是有著荷葉邊裝飾的灰色輕薄連身裙，搭配袖子長達手肘的白色T恤，戴著吊鐘形的鐘形帽。這種穿搭露出很少肌膚，氣質溫婉，很適合高井。

「話說回來……高井妳穿便服的樣子我還看不習慣呢。」

「這、這樣穿不適合我嗎……？」

似乎被她負面解讀成這身穿搭不適合她了。

「我、我不是那個意思，是感覺很新鮮啦。溫婉的氣質很適合高井妳哦。」

遠山慌張地打著圓場。

「太好了……我不像上原同學那樣華麗，還覺得自己會不會太土氣了呢。」

高井和上原的類型正好相反，即使穿著相似的衣服，會出現差異也很正常吧。

「要說土氣，我自己穿的是T恤配牛仔褲，才是連一點時髦的碎片都沒有吧。與我相比，高井妳的穿著感覺很涼爽，我覺得滿不錯的。」

雖然裙襬很長，是露出很少肌膚的時尚穿搭，但看起來卻很涼爽，這應該是高井散發的氣質所致吧？

「這種季節還穿牛仔褲我想會很熱吧，穿五分褲應該會更好。」

高井說得沒錯，從外觀來看，在盛暑中穿牛仔褲感覺也很熱。

「就像妳說的一樣，但去買褲子實在麻煩，我也不知道該挑選哪一件才好。」

遠山基本上並不在意時尚穿搭，自從上次上原幫他搭配以來，他就沒再去買過自己的衣服了。

「那麼，接下來一起去買夏天的衣物吧？還是有一件五分褲會比較好哦。」

「妳說得對呢……那可以麻煩妳幫忙嗎？買完東西之後我們再去圖書館吧。」

本來的預定是去圖書館，但時間上還很充裕，沒有這種機會就不會想買衣服的遠山，決定接受高井的提議。

遠山和高井來到了設有電影院和商店的複合設施。這裡是遠山和上原來看過電影的購物中心。

——這麼說起來，我之前和上原同學就是在這裡約會的。

「佑希？你怎麼了？」

正當遠山感覺尷尬時，高井感到疑惑地向他詢問。

「不，沒什麼。時間也不太夠了，我們趕緊把東西買好吧。」

遠山對於把高井帶到這裡來萌生些許的罪惡感。應該是因為他把其他女性帶來和上原約過會的地點吧。

「好，那麼佑希你有想去的店嗎？」

當遠山決定要買東西時，立刻選了這個地方，所以高井以為他有想去買東西的店鋪。

「有間叫做FU—GU的店，之前來過很便宜，去那家店就行了吧。」

「你說之前來過，是和上原同學——」

高井說到一半的話語，在中途打住了，但她說的話卻已讓遠山明白了。

「嗯、嗯啊……應該是吧……」

以遠山的立場來說，他不想和高井繼續談這件事，於是用曖昧的回答含糊以對。

「那，那個……我不是在責備你和她一起來，我也沒有那種資格，那個……雖然我也不能說完全不在意啦……」

高井大概也覺得自己剛剛失言了，導致她沒辦法整理好思緒，無法順利把話說好。

「不過……能和佑希一起來真是太好了。」

可是到了最後，高井能夠坦率地把心情說出來。

「和高井像這樣約會也是第一次呢……我也覺得能夠和妳一起來真是太好了。」

由於害怕被人得知至今為止一直隱藏著的關係，兩人極力地避免在外面碰面，但藉由向一部分的人挑明關係後，在某種意義上兩人也算是將錯就錯了。

「嗯，其實我一直都想像這樣和佑希你一起出門呢……」

自從高井和家人和解，向上原說出實情之後，就變得能夠坦率地表達情感了。

「對不起……我一直沒能注意到。」

高井將不知從何時起就對遠山產生的情意隱藏起來，一直欺騙自己兩人只是炮友，不需要感情。

「不……你別道歉……那是我自己選擇的。」

「可是——」

「你看，要是再拖拖拉拉的，就沒有時間去圖書館了哦？難得你今天要帶我去圖書館的對吧？」

為了轉變有些陰沉的氣氛，高井用開朗的言行改變了話題。

「啊，就是這樣！有間建築設計很漂亮的圖書館，我想帶高井去看。」

「好，我很期待哦，先去看佑希的衣服吧！」

高井浮現了滿面笑容。

——這就是高井原本的模樣。

除去了覆蓋住高井內心的黑暗之後，她的笑容非常開朗且美麗，打動了遠山的心。

高井面對家人和自己的內心的結果是，讓黑暗封閉的心獲得了解放。遠山看見那張美麗且開朗的笑臉後，他領悟到自己必須下定決心來面對高井與上原以及他自身。

買完東西的兩人花了約一小時前往原本目的地的圖書館附近的車站。雖然變成前往隔壁縣的遠行，但圖書館本身是富有藝術性的建築物，內部裝潢也同時兼具美觀與機能性，遠山一直想要來一次看看。

「嗚哇……好漂亮的設計……」

高井看見美麗的圖書館後，讚嘆不已。

靜靜佇立在寬廣的公園中的圖書館，有著木製格子搭配落地玻璃窗的牆面，在周圍樹木反射陽光後，美麗地閃閃發光。

「真的很漂亮呢……」

遠山也為了那份美麗而發出感嘆。

著名的建築設計師所設計的建築，以「與自然的融合」為主題，在饒富綠意的公園中也不會格格不入，彰顯了那份存在感。

從入口進入圖書館後，兩人更加吃驚了。

天花板是木製格子的設計，一部分採取了外部光源，讓人以為是水母的傘狀燈具從天花板垂掛。一間著名的咖啡廳協調地融入圖書館的一部分，可以在這裡邊喝咖啡邊悠閒讀書。

「高井，在這裡休息一下，再進去裡面慢慢逛吧？」

在購物中心買完東西之後沒有停歇就直奔這裡，遠山提議要休息。

「好，我有點渴了，就這麼辦。」

完成點單的兩人在自由座位區坐下，環顧周遭。

「話說這也太厲害了……要說哪裡厲害，應該是太漂亮了吧，這裡實在讓人不覺得是圖書館啊。」

遠山常去的當地圖書館很老舊，是一間僅將書櫃排列出來的普通圖書館。與那裡相比的差異太過巨大，讓他不覺得自己來到了圖書館。

「真的……要是這間圖書館在我家附近的話，我暑假可能會每天過來……」

在學校也是圖書館居民的高井，感覺也會成為這間圖書館的居民。

「不，如果是這裡我會想每天通勤過來呢。不管怎麼說這裡都是免費使用的，加上有冷氣，要是近一點就好了呢。」

要付電車費，加上來回要花上兩小時，實在是不可能。

「差不多該到處去看看書了吧？我很想知道收藏了什麼書。」

高井很想趕快到處去看看，都按捺不住了。

不管再怎麼喜歡環境設備，沒有喜歡的藏書，終究是沒有意義。圖書館巡禮的醍醐味在於看看藏書的豐富度，以及藏書領域與種類的傾向。

「我們不方便借閱這裡的書，只能挑選想讀的書來試閱，回到當地圖書館再借了。」

只要在這邊登錄資料後，不管誰都能借閱書籍，但這麼遠的距離往返很麻煩。

兩人一起開心談論書的話題，將彼此想讀的書籍帶過來，回到了自由座位區。

「書的種類和數量沒有和寬闊的場地成正比，並沒有那麼多呢？」

這是逛了一圈之後，遠山的感想。

「剩餘的空間大多都被拿來營造出開放感了，導致藏書數量本身就沒有那麼多了吧。」

一邊和高井交換感想，兩人一邊看起了拿過來的書。

喜歡讀書的遠山和高井瞬間就進入了書本的世界中，兩人之間不再有任何對話。特別是高井，當她專心讀書時，連她的存在都變得難以感知。

…………………

…………

……

先喪失專注力的遠山，看向在他身旁靜靜讀著書的高井。就算遠山目不轉睛地盯著她看，高井也完全沒發現。她就是這麼地集中精神吧。
——果然和高井在一起，心情就很平靜呢。
邊看著高井的側臉，遠山開始珍惜起這段令人感到舒適的時間。
「高井，差不多該回去了哦。」
他很想一直看著高井的側臉，但身為高中生，兩人是有時間限制的。
「啊，已經這個時間了……該回家了。」
高井意猶未盡地闔起剛剛讀著的書。
「那麼，差不多該走了吧。」
「好。」
兩人將書放回原本的書架上之後，離開了圖書館。
「嗚哇……外面還是很熱啊……」
從舒適涼爽的圖書館走出外頭一步，太陽還沒下山，被太陽曬得炙熱的戶外空氣碰觸到遠山的肌膚，讓他的心情一口氣變得不美麗。
「我覺得圖書館有些冷，現在剛剛好。」
對高井來說似乎是剛剛好的氣溫，她本人一副若無其事的表情。
「高井妳在等我時，也是若無其事的表情呢，妳很耐熱嗎？」

「其實也不是那樣……應該是很容易發冷吧，有點不太能吹冷氣？你看。」

這麼說完，高井伸出了手。

——這是要我握住，是吧？

「你摸摸看我的手。」

「好……啊，好冰！」

一握住高井的手，那份冰涼讓遠山感到驚訝。

「這是因為圖書館的冷氣才發冷的。」

「妳的手這麼冰，確實現在這個熱度剛剛好呢。」

「佑希的手，好溫暖……就這麼溫暖我吧。」

高井像在撒嬌一般，用抬眼往上看的眼神要求遠山繼續握住她的手。

「啊，好……我知道了。」

遠山握住她冰冷的手後，高井與他十指交扣，就是被稱為戀人牽手的那種握法。

——感覺還滿舒服的呢……

高井冰涼的手，藉由遠山的體溫緩緩地回溫，他的整個手掌都能感受到。那種感覺對遠山來說是種非常舒適的感覺。

兩人到達車站後，就連在電車上，都繼續牽著手。

「我說佑希啊？」

並肩坐在電車座位上的兩人沒有交談，但高井像是突然想起什麼事般地向遠山搭話。

「什麼？」

「為什麼你今天會突然邀我到圖書館呢？」

遠山覺得高井會有這個疑問很正常，因為至今為止他一次也沒有邀過她假日去玩。為什麼會突然邀約？高井會這麼想也不是沒有道理。

「嗯……我單純就是想見高井吧？如果不是暑假，我們每天都能在學校見面呢。突然見不著面，該怎麼說呢……就有點寂寞吧，感覺少了什麼……」

遠山大概是羞於坦率說出心情，在高井面前別開了臉。

「原來你是這麼想的啊……我好開心……」

可能沒想到會從遠山的口中聽到這番話，高井低下頭，雙頰微微染紅了。

「總覺得……和高井在一起時很放鬆……」

遠山確認著周遭沒有其他人，一邊小聲地在高井耳邊開始說道：

「那個……裸體和妳相擁時，我真的覺得心情很放鬆，足以忘掉討厭的事情。」

那份感情到底是什麼，連遠山自己也不清楚。但是，就算深藏在心中，他也無法理解那份感情到底是什麼，那不如向交心的對象坦白以告，他期待著說不定能帶來某種變化，就如同高井將自己的心情向家人們與遠山吐露之後獲得了改變一樣。

「嗯……我和佑希連結在一起時，也覺得十分充實。連冰冷的手腳與內心都變得溫暖了起來。」

他和高井的身體適配度非常出色。雖然遠山只和一個人有過經驗，但他知道。那是因為除了肉體之外還有別的……是內心的影響嗎？遠山無從得知。但遠山還知道的是，高井可能可以理解那到底是什麼。所以，遠山今天才會坦承他想與高井見面的心情，並付諸行動吧。

之後直到他們到達了要分開的車站為止，兩人都沒有交談。即使如此，這對遠山來說是段舒適的時間。不需要任何偽裝的關係，給予了遠山安心感。

「那麼我會在下一站下車哦。」

雖然遠山說要送她到家，但高井說沒關係而拒絕了。

「真的不送妳到家也沒關係嗎？」

電車到達月台，在車門打開的前一刻，遠山再次確認。

「對，時間還早沒關係的。那麼你回家路上也小心。」

「好，高井妳路上也小心。」

車門關閉，電車開始移動。直到看不見為止，高井都在月台上向遠山小幅度地揮著手。

「呼……」

莫名地感到寂寞的遠山，在電車的座位上再次坐下，輕輕地嘆了口氣。

「咦？有訊息？」

從牛仔褲的口袋中拿出手機，上面有收到訊息的通知。

「上原同學？」

看見通知欄上的名字，遠山心裡一驚。他慌張地解除手機鎖定確認訊息，簡短的訊息只寫著一句話：

『今天你有時間講電話嗎？』

似乎是不想用訊息，想要直接交談的事情。

遠山傳訊寫說：「我從電車下車後就打電話過去。」剛傳過去，便秒速收到上原回訊說：『好，我等你。』想必她已經等回訊等了很久了吧。

下了電車的遠山走在回家的路上，對打電話給上原這件事感到猶豫。

——會是什麼事呢？

到剛剛為止他還跟高井在約會，他忍不住感到內疚，而難以打電話。

——不，我都傳訊息說要打電話給她了，不打不行吧。

遠山開啟了傳訊APP，選擇上原的名字，點擊了免費通話的圖示。

『遠山嗎？我一直在等你耶。』

遠山原本想趁著電話鈴聲還在響的時候做個深呼吸，但只響一聲上原就接了電話，他還沒做好心理準備便開始了通話。

「抱、抱歉……我剛剛出門，所以沒注意到有訊息傳來。」

『你說的出門，是和高井同學嗎？』

被敏銳的上原猜個正著，遠山變得有些尷尬。

「嗯、嗯啊……是沒錯啦。」

『這樣啊……你和高井同學去了哪裡呢？』

「去了圖書館……」

遠山品嚐到被妻子懷疑外遇並遭到追問的丈夫的心情。

『圖書館？嗯……好玩嗎？』

「嗯……圖書館設計新穎又漂亮，很好玩哦。」

『這樣啊……其實你也可以邀我的啊……』

「是臨時決定要去的……抱歉。那間圖書館真的相當漂亮，下次再一起去吧。」

『好，暑假有很多時間，隨時都可以約我哦。』

「我知道了。」

『我說遠山啊……那個……你今天和高井同學有、那個……做、做愛嗎？』

還在想她怎麼突然說這個，但上原早已知道遠山和高井的那種關係了。所以當他們兩人見面時，也難怪她會聯想到是不是也做了愛。

「上、上原同學？妳在說些什麼——」

『你好好回答。』

上原透過手機傳來的聲音打斷遠山的話，那語氣十分認真。

「……沒做哦。今天離開圖書館後，是直接搭電車回來的。」

最後一次抱高井是在慶生會之後，在伶奈的安排之下她家裡沒人在時。話說回來，從那天以後直到今天為止，他都不曾與高井私下見面。

『是嗎……之前我曾經跟你說過……那個……要是你想要做色色的事……可以找我……那個……是可以的哦？』

以前被追問買保險套時的事情時，他說是自己自慰時要用的來蒙混過去，當時她也說過，可以找她商量。可是和當時的開玩笑不一樣，此時從手機裡傳來的上原的話語含有相當危險的意思。如果將這番話直接解釋的話，就是「想做色色的事時就來抱我」的意思。在體育用品倉庫時的接吻，點燃了上原同學的慾火了嗎？

『抱、抱歉！聽我說這種話你也很困擾吧……遠山你也會想挑選對象的嘛。』

當遠山難以回答而陷入沉默時，上原慌張地試圖打圓場。

「沒、沒那回事……」

『啊哈哈……我不知道是怎麼了，請你忘掉剛剛的事吧。』

上原也察覺到自己脫口說出的是很不得了的事情。

『不、不說那個了，你接下來的週日有空嗎？』

上原察覺兩個人都很尷尬，導致對話無法持續下去，於是勉強改變了話題。遠山也不想再持續那個對話，鬆了一口氣。

「週日？我沒有安排。」

『那要不要和我一起去校園開放日？其實我已經連遠山的份都預約好了。』

「這也是很突然的邀約呢……」

校園開放日是大學和專門學校開放校園，舉辦體驗入學，讓學生更加了解學校的活動。

『明年我們也要準備大學考試了，我想應該不算太早吧？得早點了解將來的大學才行啊。』

「嗯，是這樣沒錯啦……」

『不行嗎……？』

上原像在撒嬌般地拜託。

「不，反正我也沒安排，而且就像上原同學說的一樣。這是個好機會，我要去。」

難得她連預約都幫忙申請好了，要是拒絕的話會很過意不去，於是遠山決定接受上原的邀約。

『太好了！那詳細的集合時間和地點我再用訊息傳給你哦。』

「啊，這麼說來我穿什麼樣的衣服去會比較好呢？便服嗎？或是制服會比較妥當呢？」

『關於這點，我等一下調查好再一起傳訊息給你吧。抱歉我今天說了些為難你的話。』

能夠和遠山一起去應該讓她很開心，從聲音中也聽得出來上原心情很好。

「不，要是上原同學沒邀我的話，我可能會覺得參觀大學校園開放日很麻煩就作罷了，我很感謝妳。」

從遠山的個性來說，要是沒人邀的話他很可能就不去了。

『那就太好了。那我就期待週日了哦。』

「好，我也很期待。」

遠山和上原道過晚安之後，結束了通話。

「大學嗎……已經到了必須考慮大考的時期了呢。」

直到被上原提醒為止，他都還沒有實感，說到二年級的暑假，就是高中生活中最後能夠好好遊玩的長假了，遠山這才有了實感。

「校園開放日嗎……真期待呢。」

不管怎麼說，遠山發現自己只要一想像大學生活，意外地還滿期待的。

校園開放日當天，遠山在自家的盥洗室鏡子前打著領結。

「盛夏中打領帶真的很熱呢……穿便服可能比較好？」

和上原討論參觀校園開放日要穿便服還是制服去時，聽到兩種穿著都行，遠山選擇了穿制服。遠山不在意穿著，他以為穿不需多加思考的制服會比較輕鬆。但他現在正為了這個選擇感到後悔，因為他沒想到在盛夏中打領帶是這麼悶熱的一件事。

「算了，現在也沒辦法變更了，只好先將領結放鬆些，等到了大學再拉緊吧……」

「咦？哥哥你要去學校嗎？」

當他面對盥洗室的鏡子整理頭髮時，大概是剛剛起床，穿著睡衣睡眼惺忪的菜希覺得不明所以般地向他搭話。

「今天我要去校園開放日哦。」

「校園開放日？那是什麼？」

雖然就讀初中高中一貫制的學校，但菜希大概是沒興趣的關係，她似乎不知道校園開放日這個詞。

「像是學校說明會的活動？或者是體驗入學？就是大學會開放校園，讓學生體驗這是一間怎麼樣的學校的活動哦。」

「哇啊，感覺好有趣！菜希也要去！」

我是有預想過啦，果然菜希說出了她也要去。

「我可不是去玩的哦。而且沒有預約，菜希妳不能去哦。」

「咦～那你要去別間大學的校園開放日的時候，也幫菜希預約。」

應該說，初中生也能去校園開放日嗎？

「說到底，初中生應該不能去校園開放日吧？不……也有人會和監護人一起去，可能也不是不行……？」

就算初中生能參加，但要是我帶妹妹過去的話，很可能會被認為是妹控。

「我不會和菜希一起去的，妳就放棄吧。等菜希成為高中生之後，妳再和同學一起去吧。」

「那哥哥你要和誰去？應該不是一個人吧？是高井學姊嗎？還是上原學姊？」

「和誰去都沒關係吧。」

「之前你是和高井學姊約會，所以我當然想知道這次你是和誰去嘛。哥哥你要選擇哪位，菜希也很在意啊。」

菜希也用自己的方式在為哥哥著想，所以不是單純地出自好奇心在問和誰一塊去的。

「是上原同學啦。」

事到如今無須再隱瞞，遠山老實說了。

「是嗎是嗎，上次是和高井學姊，所以這次換上原學姊了呢。好，你有好好地公平分配愛情呢。」

「那種說法聽起來好像是我同時和兩個人交往，輪流約會耶？」

照菜希的說法，像是他同時和兩個人交往，很不好聽。

「咦？不就是這樣嗎？」

「不是，我還沒有和任何一方交往哦。」

「明明你都和她們接過吻了耶？」

遠山曾經對菜希說過他和上原也接過吻的事。

「嗯……雖說是那樣啦……」

被吐槽接吻的事，讓遠山無言以對。明明和兩位異性接過吻，卻沒和任何一方交往，這種事是初中生的菜希無法想像的。

「真是的，哥哥你和高井學姊還有上原學姊之間的關係並不普通，希望你最好有點自覺哦。」

確實菜希說的話有其道理。遠山他們的關係就算要概括成普通的戀愛也很難。硬要套用的結果就是遠山更加煩惱了。

「說得對……說不定就像菜希說的一樣呢。」

「要是煩惱過度會禿頭哦？所以你就想得輕鬆一點吧？」

雖然這說法很異類，但菜希是用她的方式在擔心哥哥吧。

「我還不想禿頭，我也試著用不同角度來思考吧。」

「好，我想那樣比較好。不可以太鑽牛角尖哦。」

「菜希，謝啦。」

「菜希最了解哥哥了，回禮就是你下次去校園開放日要帶我去哦。」

「好啦好啦，前提是初中生能去哦。」

「我會不抱期待地等著。不說那個了……你一直待在玄關沒問題嗎？」

「哎呀，快遲到了，我走了哦。」

「慢走，路上小心哦。替我向上原學姊問好。」

在菜希的送行之下，遠山走向車站的步伐十分輕快。雖然遠山被初中生的妹妹說教了，但他心中的煩悶說不定反而有些消散了。

儘管和菜希聊了很久但遠山沒有遲到，他在快到集合時間時和上原會合了。

目的地的大學校園位於隔壁縣，從集合的車站搭三十分鐘的電車搖晃著到達了。

「嗯～！到了！從家裡到這裡將近一個小時吧？不過剛剛和遠山聊天，所以感覺一眨眼就到了。」

從電車下來的上原為了伸展筋骨，那對豐滿的胸部被挺了起來。

「要、要是一個人來上學，對於通勤時間的感覺又會變了呢。」

就算隔著制服也能知道底下是高聳的鼓起，遠山看見這幕，忍不住想起了先前在體育用品倉庫時碰觸到的上原的胸部觸感。當時的興奮程度他到現在都無法忘記。

「這點時間還在可接受範圍內呢。兩小時的話可能還要考慮一下……要是能夠和遠山一起上學，就算通勤時間很長我也完全沒關係哦。」

不知道遠山那樣想著，上原直率地說出這番言論。只要曾經意識到一次，在一起時就會一直意識到。原本對上原保持距離的遠山已經消失了。

「又還沒決定要上這間大學，而且這所學校的錄取分數很高，說不定會考不上哦？」

不得不說以遠山和上原的成績可能很難錄取。

「這點就讓我們一起讀書努力考取吧？我想和遠山上同一所大學呢。」

上原一邊這麼說著，一邊往上抬眼直盯著遠山看。可能是多心了吧，她的雙頰感覺有些染紅了。

——呃！

看到那副表情，遠山的心臟一口氣劇烈跳動了起來。今天在集合的車站見到上原之後，遠山一直處於怦然心動的狀態。

「說、說得也是呢。還有一年以上的時間，現在就下結論也不太好。」

「對啊對啊，目標要設高一點，對吧？」

儘管她已經知道他和高井之間的關係，卻還是比平常更加開朗積極。不知道她是在勉強自己，還是已經接受了，但上原那副模樣讓遠山的心感到不捨。

兩人從車站走了十五分鐘左右，前往大學校園。

「果然是郊外的車站，沒那麼繁榮呢。」

來到人生地不熟的環境，上原饒富興致地東張西望著。

「好像有超商和連鎖咖啡廳，即使要通勤上學，似乎也不會不方便。」

這裡完全沒有車站大樓和百貨公司之類的店，也沒有回家路上可以順道去玩的地方。

從車站走十分鐘後就不再有店家，綠意多了起來。從這邊再走五分鐘後，被綠意包圍的校園景觀便映入眼簾。

「嗚哇，好寬廣！我本來覺得我們高中也很寬廣，這裡有那邊的好幾倍大。」

校園被低矮的圍牆包圍著，直直延伸出去的牆壁寬廣得看不見終點，讓上原驚呼出聲。

從外面看向校園，可以看到校地內有好幾棟高聳的建築物，可能是依照科系來分棟的吧。在充滿綠意且住宅大多低矮的這附近，那些建築群非常顯眼。

「真的很寬廣呢……而且建築感覺是新建的，很好看呢。」

「遠山，我們趕緊報到吧，我想早點看看裡面。」

「好，我也很想知道裡面的樣子。」

上原因為校園比想像中的更加規模宏大而感到興奮不已，受到感染的遠山也開始興致盎然了起來。

「穿制服的人比我預想的還少呢。」

只要允許能穿便服，會特地穿制服來的人就變少了吧？少數身著制服的遠山兩人十分顯眼。不對，該說顯眼的只有上原才對吧。上原的華麗外貌引人注目。總是敞開的衣襟儘管有好好扣緊，但是裙子在腰圍部分有折短的關係，長度只到膝蓋上方，從短裙下露出的大腿很耀眼。當與人擦肩而過時，會多瞥她幾眼的男性相當多。

——不管去到哪裡，上原同學都很顯眼呢。

在遠山身邊並肩而行的上原，完全沒有意識到自己受到注目。不管到哪都泰然自若。那般完美的美少女，竟然會對自己抱持好感，遠山至今都覺得不真實。

「那麼……該從哪裡開始參觀呢？」

遠山打開從報到處那裡收到的時程表。

「是呢……以時間上來說校園導覽比較近，就參加那個吧。」

探頭看著遠山展開的時程表，上原提議道。

校園導覽是由在校學生導覽校園的參觀活動。

「距離開始時間已經沒多久了，我們趕緊到集合地點吧。」

「好！」

透過校園導覽參觀完主要設施的兩人，在校園內的長椅上坐了下來互相交換感想。

「大學的教室真的有高低落差耶。一想到可以在那裡聽老師講課，我就好興奮呢。」

高中教室大部分都只是在平坦的地面上排列桌椅，因此大學的教室對上原來說似乎十分新鮮。

「我以前只在照片或是影片中看過，所以覺得很感動啊。下午有體驗授課，要不要去聽聽看？」

「好！真期待！」

即使各個科系都有開放體驗授課，但還是要從時程表中找出有辦法聽的課程。

「聽完學校說明會之後……會有文學主修課的授課，聽這堂好嗎？或者妳有在意的科系授課想聽嗎？」

遠山會選文學系，但他不知道上原會想上哪個科系。遠山希望能夠盡可能地去聽上原想聽的授課。

「文學主修課就行了。我還沒有清楚地決定要主修什麼，想要嘗試各種課程。」

「是嗎，那聽完學校說明會之後，我們就去聽文學主修課的授課吧。」

「好，就那樣決定沒問題。距離學校說明會還有時間，要做什麼呢？」

「我想慢慢地逛圖書館耶。」

校園導覽時雖然有去過圖書館，但只待幾分鐘就移動到其他地方，遠山想要仔細地看看藏書還有設備。

「真像遠山呢，我也很有興趣，現在去看吧？」

上原從長椅上迅速起身，牽起遠山的手，半強制地拉他站起來，朝向目標的圖書館走去。

「果然大學的圖書館和高中圖書館不一樣，藏書的種類不同呢。」

「這樣嗎？對我來說盡是些困難的書，我搞不太清楚。」

就像上原說的，大學圖書館乍見之下有很多都是艱深的書籍類型。

「確實有很多學術書籍和論文呢。我也稍微讀了一下，果然看不懂。」

「要是入學的話，我們也得理解那些艱深的書本才行呢……」

看見那些難懂的書，上原變得有些憂鬱了起來。

「不過，看不懂和主修學科沒關係的書也很正常，妳現在就開始擔心也沒用吧。」

「的確是……得讓腦中浮現快樂的大學校園生活才行呢。」

「就是這樣。不要想困難的事情，要好好享受想像中的大學生活才對啊。」

難得來到大學參觀，要是種下了負面的印象那就失去意義了。

「如果是這樣的話，那我要盡情享受大學生活哦。因為現在好像和遠山一起通勤來到大學一樣，我好開心。」

「啊，嗯……能夠和上原同學一起逛校園我也很開心哦。」

「真的嗎？遠山也能樂在其中的話，那我會很高興！」

——這女孩為什麼能夠這麼自然地說出讓人怦然心動的話呢？她應該不是故意撩撥他的……她只是毫不隱藏自己坦率的心情而已吧？

遠山對高井和上原兩人，從未暴露過真心，可以說他只是表面上偽裝成一副善良的面孔而已。可是，當這樣的遠山邀約高井約會時，卻向高井訴說了真心話：『和妳在一起感覺很放鬆』。今天他也能夠傳達出和上原在一起時很開心。遠山藉由和高井與上原待在一起，說不定也開始有所改變了。

「那麼，學校說明會差不多要開始了，我們走吧。」

遠山和上原的快樂大學校園生活（假想）才剛開始。

學校說明會的提問回答也結束了，接著為了體驗授課，兩人走到了文學系的教室。

「這是最令人緊張的呢。」

上原顯露出從未有過的興奮樣貌，偷偷看著周遭其他參與者的樣子。對還沒決定主修科系的人來說，選文學系比較保險所以很受歡迎，教室中有許多人都來聽課。

「話說回來，授課的內容是『落語的歷史』……完全可以看出是老師的興趣，但好像很有趣。」（註：「落語」為日本傳統的表演藝術，類似於單口相聲。）

「大學的課真的是各式各樣呢。」

「雖然不知道這堂課有沒有用，但能吸引學生的興趣應該也不錯。要是講課內容講得很難，就會很難被理解，萬一被判斷不有趣的話，對大學校方來說也是一種損失呢。」

大學校方也會希望將來的學生能夠樂在授課之中吧。這種時刻正是要不吝開放廣受歡迎的課程才是。

「哎呀，真有趣。沒想到能聽到百年前的落語呢。」

體驗授課結束後，遠山一邊從教室走出來，一邊興奮地說道。

「遠山你喜歡落語嗎？」

「不，也不是特別喜歡，應該只聽過有名的落語演出吧。不過，上了今天的課後，讓我也想去聽看看其他各種落語演出哦。」

「即使有些用語比較古老，也有些部分很難懂，但還是很有趣呢。」

「要學習那些部分的是文學系的事了呢。不過以提起興趣來說，我覺得這樣的內容已經足夠了。」

「如果你這麼喜歡的話，那下次我們去聽落語吧？」

「上原同學妳也喜歡落語嗎？」

「雖然沒有像遠山你那麼喜歡，但我還是覺得滿有趣的，而且和遠山在一起，不管做什麼都很開心哦。」

上原也覺得比預想中的有趣，心情無比開懷。而且她一樣毫不隱藏對遠山的好感，直率地回應他。

「那、那下次就一起去吧。」

被專情且坦率的上原的步調給帶著走，遠山也不由得開始能夠真心對待她。

「太好了！和遠山約好要約會嘍！」

「等、等等啊上原同學！妳太大聲了！」

像上原這樣的美少女一邊大叫著約會一邊感到歡喜的模樣，不可避免地受到了周遭的注目。和男生一起來的男學生，朝著遠山射來怨恨的眼神。

「啊……我太開心了不小心就……欸嘿嘿。」

——呃！上原同學也太可愛了吧……

她往下伸了伸舌頭的害羞模樣，可愛到就算不是遠山，其他人也會看到入迷。

「差、差不多肚子也餓了，兼作休息去吃個午餐吧？」

周圍的男性們投來像是要將他射殺般的嫉妒眼神，難以忍受的遠山提議去休息。

「贊成～！啊，這麼說起來，剛剛有從報到處那邊拿到學校餐廳的免費券哦。」

校園開放日也開放了學生餐廳，竟然有一部分的菜單可以免費試吃。

「沒錯沒錯，學生餐廳也很重要，這邊也得好好確認才行。」

「那麼，學生餐廳Let's go!」

上原忘記直到方才她都還受到注目，被學生餐廳吸引了注意力。說不定今天她就是開心到了這種程度。

「哇啊，學生餐廳果然很擁擠，感覺最好先找座位呢。」

一整棟建築都是學生餐廳，相當寬廣，但是由於前來校園開放日的學生加上在校生而顯得亂哄哄的。

「看來免費的只有兩種餐點呢。」

A套餐是每日更換的定食，B套餐是義大利麵與沙拉的組合。

「我點A套餐好了，上原同學妳呢？」

「我點B套餐。如果分開點不同的餐點，就能各分一半，比較划算。」

點不同的餐點然後對半分享，簡直就像戀人一樣。上原對這種事完全沒有表現出猶豫的神色，他深感佩服。

從點餐櫃檯拿到餐點，回到早已占好的座位上，兩人開始品評。

遠山點的A套餐是淋上調味醬的漢堡排上面放著荷包蛋，再搭配蔬菜、米飯和湯品，是基本的漢堡排定食。上原點的B套餐是義大利麵配上茄子肉醬、沙拉和湯品，這邊也是常見的搭配。

「這樣平常似乎要五百日圓哦。漢堡排很小塊，飯量有點少，但價格還算合理。不過分量上對男生來說可能有些不夠吧。」

遠山雖然不算是大胃王，但他還是覺得分量相當少。

「如果是沖田同學，這分量應該剛好吧？」

「不，對千尋來說應該太多了，他的食量真的很小呢，他吃的量應該比上原同學還要少吧？」

「確實是……我覺得他的便當盒真的好小。雖說食量和身體大小不是成比例的，但沖田同學的食量和他的外表相符呢。」

上原因為經常和沖田一起吃午飯，所以很了解。

「遠山你吃那樣就夠了嗎？我的義大利麵分一些給你吧。」

被問到吃得夠嗎，這樣的量應該是不夠的。就算飯盛大碗的，並再來一道菜，他感覺也吃不飽。

「嗯，應該不夠吧？不過要是給我吃的話，上原同學妳也會吃不飽的吧？」

「儘管不是我吃不下的分量，但因為我很容易變胖，要是吃到有飽足感的話……所以請你不用在意哦。」

聽到容易變胖，遠山忍不住意識到上原的胸部。

——營養會不會全都跑到胸部了……？

思考著這麼沒禮貌的事情，遠山和普通的高中男生沒有兩樣。

「那麼……我就不客氣了，等等再讓我吃吧。」

「好！」

只見上原用叉子轉啊轉的，靈活地捲起了義大利麵，並叉起了茄子，最後往遠山的眼前伸出了手。

「啊〜〜」

——這是……要我這樣直接吃？

正當遠山猶豫著該如何是好時，上原像是在說著趕快吃吧，浮現滿面笑容，把叉子更湊近遠山的嘴邊。

「我、我開動了……」

看見上原開心的笑容，遠山實在無法拒絕，將湊過來的義大利麵吃掉了。

「好吃嗎？」

上原開心地看著正在咀嚼的遠山，邊問道。

「嗯、嗯……好吃。」

「太好了！那你也讓我吃吃看漢堡排吧。」

上原這麼說完，就像要接吻般地抬起下巴，噘起了稍微張開的嘴巴。

——這是要我跟她說「啊～～」？

在大庭廣眾之下，上原不在意他人目光，向他要求餵食。

——好吧！就上吧！

遠山做好覺悟，將切成小塊的漢堡排用叉子叉起來，湊近了上原的嘴邊。

「請、請吃吧。」

「我開動了。」

上原形狀姣好的嘴唇稍微開啟，讓叉子叉著的漢堡排優雅地入口。

「怎、怎麼樣……？」

遠山用一副緊張的模樣，詢問上原的感想。

「嗯，好吃！因為遠山餵我吃，所以我覺得有一百倍的好吃！」

雖然這個說法相當誇張，但對上原來說，遠山餵她吃東西這件事應該是讓她很開心。

「那、那就好。」

坐在周遭座位的男學生們將帶有恨意的視線集中到遠山與上原的身上。這也是理所當然的，校園開放日可不是供笨蛋情侶約會的活動。愈是認真對待這件事的人，愈會對遠山兩人的行為感到憤怒吧。可是即使在這種狀況下，上原也完全沒有要顧及周遭眼光的樣子。

「你們在人前也稍微自重一下吧。」

突然從後方傳來聲音，還以為是遭到抱怨的遠山回頭一看，站在那裡的是有著熟悉面容的兩個人。

「倉島？還有石山同學？」

他們是遠山和上原的同學，也是在暑假前曾經有過爭執的倉島和人與石山沙織。

「你們怎麼會在這裡……？」

遠山感到納悶地詢問倉島。

「那當然是來校園開放日的啊。」

確實，被他這麼一說，就會發現正是如此。遠山的內心過於動搖，導致頭腦沒辦法好好運轉。

「啊，是嗎……倉島你們也要考這裡嗎？」

「算是要當成候補啦。沙織說她想來校園開放日，所以才來的，沒想到會……」

倉島苦笑著繼續說道。

「還想著是穿著我們學校制服的笨蛋情侶，沒想到會是你們呢。」

果然從他人眼中看來，遠山和上原被認定成笨蛋情侶了。

「麻里花妳也稍微考慮地點，在意一下別人的目光吧。」

「嗯、好，抱歉……」

倉島說的話完全正確，讓上原變得像洩了氣的皮球似的。

「遠山你也不要一直被牽著鼻子走吧？給我振作一點哦？」

「很、很抱歉……」

這也是事實，遠山完全無法回嘴。

「真是的，為什麼會和這種人——」

倉島將說到一半的話給打住了。

「那我們走了。」

倉島這麼說完就轉過了身。

「上原同學，學校再見了。」

始終保持沉默的石山在離開之際向上原打了聲招呼，不等她回答就去追逐先行離去的倉島了。

「他們兩個正在交往嗎？」

一邊看著離去的石山的背影，上原喃喃說道。

「誰知道呢？我覺得他們兩個在學校常常一起行動……」

卻沒聽說過他們正在交往的傳聞。

「不過，感覺他們的進展似乎還滿順利的呢。」

石山依然追逐著倉島的背影，和當時相同，但以氣氛來說，遠山感覺他們兩人都變得柔和了。

「一定會順利的。」

倉島個性上儘管有點缺陷，但本質很認真；石山為愛盲目誤入歧途但是很專情，這兩個人應該會順利地走下去吧，遠山和上原打從心底這麼希冀著。

「上原同學……雖然有點晚了，我們還是注意一下別人的眼光吧……」

「沒、沒錯呢……我太開心有點嗨過頭了……對不起。」

「不、不是，上原同學妳不需要道歉。要是我有好好說清楚的話就好了，我自己也滿享受其中的，不小心就——」

「好害羞啊，你真的不覺得討厭嗎？」

「沒有沒有，沒那種事！我反倒該說是很開心嗎……該怎麼說呢——」

「那樣就太好了……」

得知遠山不是勉強配合的，上原鬆了一口氣，恢復成平常的笑容。

這樣互動著的遠山和上原，依然沒有注意到他們還是對著周遭散發出甜蜜的氣氛。

兩人在學生餐廳吃完飯，體驗過兩堂授課後，為了參加能夠個別對在校生提問的企畫而開始移動。

「說到要問問題……該問什麼好呢？上原同學有什麼想問的嗎？」

「應該會有想問的問題吧？」

遠山和上原似乎都沒辦法想到具體的問題。

「總之先到會場之後再想吧。」

「說得對呢，如果現場氣氛讓人很難提問，那就別問了吧。」

會場中排列著的桌椅中，有十位在校生正在等候開始，由發問者挑選詢問對象，排隊詢問。

「上原同學，只有那邊排的隊伍特別長耶？」

不論哪個在校生前方都只有排一人或兩人的隊伍在等待發問，只有一個地方排隊排到看不見在校生身影的長度，而且排隊的全都是男性。

「是怎麼了……？」

遠山在意起是什麼樣的人在接受詢問，從隊伍縫隙間窺視著在校生的樣子。

「呃！」

確認那人樣子的瞬間，遠山皺起了臉。

「上、上原同學！妳過來一下！」

「什、什麼？遠山你怎麼了？」

被叫過來的上原像是在問什麼事般地，順著遠山的視線從隊伍縫隙間探看並確認。

「伶、伶奈姊姊？」

沒想到以在校生身分接受詢問的是高井柚實的姊姊——高井伶奈。

「原來姊姊她是這所大學的在校生嗎……？」

「只能這麼想了……」

遠山和上原茫然地眺望著伶奈，但不幸地遠山和伶奈的視線對上了。

「糟糕！」

當他慌張地移開視線時，為時已晚。

「啊啊！那邊帶著可愛女朋友的小哥！要是有問題要問我的話，請一定要來排隊喲！我很歡迎情侶來問問題哦！」

伶奈站起身來，以周遭都聽得見的大音量向遠山搭話，拜此所賜，正在排隊的學生們一口氣將目光都集中到遠山和上原身上。

——那絕對是故意的吧？

從伶奈的壞笑表情很明顯地可以看出她是以此為樂。

「不、不用了！」

遠山說完這句話，便拉著上原的手像逃走般地離開會場。

「還是沒變呢，那個人……」

從會場中飛奔而出的遠山嘆了一口氣。

「話說回來，伶奈姊姊好受歡迎耶，簡直就像是偶像的握手會一樣。」

伶奈有著與寫真模特兒並駕齊驅的好身材，容貌也比普通的藝人好看。在大學裡想必會受到歡迎吧。今天窺見那樣一面的遠山，想起了高井柚實。

「即使如此，身為姊妹，她與高井的個性完全相反呢。」

「高井同學也很可愛，要是成為大學生的話，我想一定會很受歡迎的哦。現在在班上她的粉絲也很多。」

「咦？是這樣嗎？」

「是啊，只是遠山你不知道而已。我想沒造成什麼騷動是因為她和以前的形象相差太多，大家有點困惑罷了。升上三年級後，班級成員會變換，環境改變之後，就不知道會變成怎麼樣了哦？」

上原所說的『不知道會變成怎麼樣』像是在說：『想接近她的男生會變多，說不定會被搶走哦？』的意思，遠山是這麼感覺的。

「你覺得焦慮了嗎？」

對著沉默的遠山，上原問出了像在測試他心意的話。

「那是……」

這句問話讓遠山說不出話來。只是，他在內心中感覺高井身旁出現其他男生的影子的話，他並不會覺得開心。
「抱歉，這句問話很壞心呢……」
看到遠山說不出話來的樣子，上原為自己的失言道歉。
「沒那回事哦，不過……老實說我不樂見呢……」
因為是面對著上原，遠山沒有試圖掩飾，他不隱藏真心地坦白說道。
「說得也是呢……我也不樂見。雖然不知道該怎麼說……很奇怪吧，這樣我的情敵就消失了，我明明該覺得開心的。」
擁有著同樣「喜歡」的高井，被不知道從哪裡冒出來的男生給打動了芳心，想必不會令人開心吧。對於既是情敵也是朋友的高井，上原有著複雜的情感。
「不過……能夠稍微看見遠山的真心真是太好了。至今為止你從未對我展現過這樣的感情，原來遠山你也會煩惱呢。你會煩惱，就代表還有我介入的餘地吧？」
沒錯，會煩惱就代表遠山對高井和上原抱有同樣程度的好感，除此別無他意。也就是說上原還有機會。
「我——」
「啊！在這！」
「姊、姊姊？」
正當遠山好像要說些什麼的瞬間，被伶奈的登場給打斷了。

「遠山同學和麻里花，難得遇到了，你們怎麼逃跑啦。害姊姊找好久呢。」

「伶、伶奈姊姊？提問會怎麼樣了？」

想向伶奈提問的人數不可能在這麼短的時間內就解決掉，到底她是怎麼來到這裡的呢？

「我說我有點累了想休息一下就出來了。」

她是有多麼自由奔放啊？為什麼這個人會被大學校方選為提問會的回答者呢，遠山感到非常納悶。

「咦……可以那麼隨便嗎？」

連上原都覺得有點傻眼。

「可以的可以的，不管怎麼做，那麼多人都沒辦法在時間內回答完的。而且他們都問很類似的問題，讓我開始覺得麻煩了。」

「是什麼樣的問題呢？」

會讓伶奈覺得麻煩的提問是什麼呢，遠山感到有興趣於是問她。

「想知道嗎？」

「還是算了。」

伶奈有點裝模作樣的態度，讓遠山有點煩躁，開始覺得麻煩。

「哎～呀，你好好問我嘛～」

這不帶感情說出的台詞，讓遠山更加煩躁了，但伶奈希望人家搭理她，所以不理她也會很麻煩。

「好啦好啦，我知道了。那，妳被問了些什麼問題呢？」

「好！你問得真好！」

「上原同學我們回去吧。」

脾氣好如遠山也真心想回家了。

「抱歉、抱歉。我會好好回答的。」

「沒有下次了哦。」

伶奈真的很想回答，想得不得了。

「我好好回答，要聽哦。呃……問最多的問題是『妳有男朋友嗎？』或是『請告訴我妳喜歡的男性類型』吧。」

「就跟我想的一樣！」

雖然莫名能夠想像，該說是果然嗎，說到想問伶奈的問題，應該就是這些吧，遠山也能明白。

「伶奈姊姊也很辛苦呢……」

同為女性的上原感到同情。

「那遠山同學你覺得答案是哪個？」

「妳是指什麼？」

「我有男朋友，還是沒有。」
「不，我沒興趣知道。」
「遠山同學你對我真的很冷淡耶。你和柚實兩人單獨相處時——」
「哇——！妳現在想說什麼啦！」
——明明上原同學也在現場，這個人想說什麼啊！
「嗯……」
對此上原似乎並不感到愉快，看起來有點在鬧彆扭了。
「我知道了啦……那妳有男朋友嗎？」
只能奉陪到伶奈滿意為止了，遠山已經呈現半放棄狀態了。
「呵呵呵……那是……祕．密。」
——靠……這個女人……從一開始就沒有打算認真回答。
就算是遠山，也只能老是被伶奈玩弄在手掌心。
「可是，我也想知道伶奈姊姊妳有沒有男朋友。像伶奈姊姊這麼出色的人，會選擇什麼樣的男性呢，我很有興趣知道。」
如同上原所說，能夠與伶奈匹配的男性應該很少吧。遠山對這方面也不能說他不感興趣。
「麻里花妳真是好孩子！好到我想把妳收作妹妹！看在麻里花的份上，先不說我有沒有男朋友，我可以把喜歡的男性類型告訴妳哦。」

「真的嗎？請務必跟我說！」

上原感覺有些興奮的樣子，她往前俯身靠近伶奈。

「我啊……會喜歡像遠山同學這樣的男性吧。」

——啥？

聽到這句話，遠山和上原都像時間停止般地僵硬了幾秒鐘。

「那我要回去了，你們好好享受校園開放日吧！」

伶奈投下了炸彈後，快步地從現場離去。

「說這話的可是姊姊啊，她是在揶揄我啦，肯定是的。」

對上原感到尷尬的遠山為此找理由。

「不對……我覺得遠山是她喜歡的類型這件事，她是說真的哦。」

面對說她是在揶揄自己的遠山，上原的表情無比認真。

「我想，應該沒那種事啦……」

「不知為何我就是知道……像伶奈姊姊這樣的人會用這種態度對待的只有遠山哦。」

不知道這是不是所謂的女人的直覺，就算遠山動怒爭辯說不是這樣，但那不就和否定上原的想法沒有兩樣了，於是他不再碰觸這個話題。

話雖如此，為什麼伶奈會在這個場合做出這樣的發言，他倒是有些想知道。

「上原同學，接下來要去哪？還沒看過的只剩社團的模擬活動了呢？」
「嗯……社團倒是還好吧。剩下的我沒有特別有興趣的了。」
「這樣啊……我也沒什麼興趣了。那今天就到此為止，回家吧？」
「好，也是呢。」
就這樣，遠山和上原結束了第一次的校園開放日體驗。
兩人離開了大學校園，朝車站走去。這時他們沒有對話，但現在他們已經成為彼此就算不說話，也能自在地相處的關係了。
「遠山……可以牽手嗎？」
上原瞥了走在身旁的遠山一眼後，突然牽起了他的手。
「都可以啊……已經牽好了呢。」
「啊哈哈，是耶……今天很開心。雖然實際上真要開始通勤上學的話，學業應該會很辛苦吧……」
和上原一起度過的假想大學生活非常開心。
「是啊……不過今天體驗到的都是開心的事情，實際上應該會有很多辛苦的事吧。」
「不過，能像這樣和遠山在一起的話，每天應該都很開心吧。」
今天和上原體驗到的是與情人一起上同一所大學的感覺。要是只有一個人來的話，就不會這麼開心了吧。然後，遠山忍不住想像起如果是和高井兩個人時，還有如果是和上原與高井三個人時的情景。

「如果要進這所大學，我們彼此都要特別努力才行。」

現在遠山腦中浮現的都只是想像。現實中還有大考這道牆，不能光只是作夢而已。

「是呢……以目前的學力來說，對我來說應該很難……不過，我想考上這所大學……和遠山你一起。」

「說得對……要是我也能和上原同學一起上大學的話想必會很開心的。一起度過今天之後，我是這麼想的。」

上原對遠山說出『一起上大學』這句話，這是第二次了。對於她這樣勇於表明心跡，遠山回以至今為止最積極的回覆。

「真的嗎？欸嘿嘿……我好開心啊……那我得更認真念書才行了。」

應該沒想到會被這樣回覆，上原有些驚訝的樣子，帶點難為情地羞怯著。

「能夠鼓起幹勁是最好的。我也覺得自己得更加油才行，謝謝妳今天約我。」

遠山對大學考試一直漠然以對，幾乎沒怎麼想到，但現在他能夠看到類似目標的東西了。要是上原沒有邀他，他說不定會浪費地過完暑假，他向上原表達感謝。

「你不用道謝啦……我只是——」

上原欲言又止。

「只是？」

遠山催促她說下去。

「我只是……想見到遠山而已。」

上原牽著的手稍稍用力。

「……謝謝妳，現在我只能說這句話。抱歉，上原同學。」

對於毫不隱藏地表達好感的上原，遠山只回了這句話。該如何正確地傳達自己對於上原的感覺，遠山覺得需要時間先面對自己，接著再面對高井。

「不，沒關係……我這樣就滿足了。」

這是上原的真心話嗎，或者其實她可能在忍耐，可能也有不滿。但是這件事只有上原本人才知道，遠山只能按照她說的話去理解。

一點一點地，兩人確認了彼此的心意，兩人之間的距離也隨之拉近了。

「妳說有重要的事是什麼呢？」

因為高井說有事要說，把遠山叫出來，他在盛夏的酷暑中，一邊流著汗一邊往集合地點的站前咖啡廳邁進。

「話說回來還真熱哪……我想趕快喝點冰涼的飲料……」

再待在戶外三十分鐘，遠山有自信會中暑。夏天的陽光就是這麼毫不留情地照射著他。

「喔喔，好涼！」

到達集合地點的店面，進到裡面後涼爽的空氣接觸到遠山的身體。遠山點了杯冰咖啡後，環顧店裡。

「高井已經來了嗎……？」

他在店鋪靠裡面的地方發現了高井的身影。只是，有一個人面對著高井坐著，那個熟悉的背影映入他的眼簾。

「難道說……」

幾天前才把他耍得團團轉的「那個人」的臉在遠山的腦海中浮現。

「高井，久等了……」

遠山慢慢地靠近高井就座的桌子，誠惶誠恐地打招呼。

「遠山同學，我等你好久了啊！」

向高井打招呼後，原本背對的女性轉過身來，對遠山露出了大大的笑臉。

「姊姊，還沒到集合時間耶？妳是多早就過來了啊？」

「是呢……大概十分鐘前？」

「那樣的話，我想還不到等很久的時間哦。」

——話說回來，姊姊，妳一次不開玩笑就不過癮是嗎？

「因為柚實說她想早點看到遠山嘛。」

「姊姊？我沒說那種話哦！」

伶奈的玩笑話也波及到妹妹身上。

——是像打招呼一樣嗎……好，我不想了。

判斷其中沒有什麼深意，遠山停止浪費時間去思考，走向伶奈對面的座位，在高井身邊坐了下來。

「高井，妳說有重要的事是什麼？是和姊姊有關係的事情嗎？」

被伶奈胡攪蠻纏後都快忘了，高井是有重要的事才把遠山叫出來的。

「那件事由我來說吧。」

是重要到需要由家人特地幫忙說明的事嗎，遠山做好了心理準備。
「遠山同學，雖說是重要的事，但也沒大到那種程度，你不用那麼緊張哦。」
「是、是嗎……」
遠山的緊張似乎傳達給了伶奈。
「過完八月的盂蘭盆節後，從二十五號開始預定要去沖繩四天三夜。」
「是伶奈姊姊要去嗎？」
「沒錯，原本是我和模特兒事務所的朋友總共四人要去，但其他三人因為有重要的工作排進來了，就變得不能去了。」
「原來如此……把我叫來的理由我大概知道了。」
「沒錯！遠山同學要代替他們去嗎？雖然還不至於要付取消費用，但取消本身就很浪費啊。柚實說她可以去，接著會再問問看麻里花、美香還有千尋同學哦。」
取消的只有三個人，卻再邀請五個人？
「那樣的話，不是超出了兩個人嗎？」
「剛剛我去查過，同一間旅館裡還有一些空房，我有先預約起來了。直到前一天都還不需付取消費用，所以連機位我都預約好了哦。」
——伶奈姊姊的行動力真驚人呢……竟然以取消為前提做了預約。
「連機位都預約了？機位要是取消也會退費嗎？」

「因為是ＬＣＣ所以不會退費，但會歸還抵用券，就算取消只要在下次出國時使用就不會有損失。」（註：ＬＣＣ是low-cost carrier的縮寫，意為廉價航空。）

「啊……那我就放心了。難得妳邀請我，抱歉我不能去。」

當遠山拒絕邀約的瞬間，高井明顯露出了遺憾的表情。

「為什麼？你有什麼安排了嗎？」

伶奈向遠山詢問理由。

「不，我沒什麼安排……那個……我沒有錢。要去沖繩旅行的話應該要花很多錢，我應該是沒辦法……」

要是提早幾個月前就預訂的話，他可能還有辦法存旅費，但只剩不到三週，他沒有存錢的時間。

「佑希，旅費由我出吧……我想和你一起去旅行。」

坐在旁邊的高井臉上浮現不安的神情，用像是懇求般的眼神望向遠山。

「不、不行……怎麼能夠那樣呢。」

「不愧是遠山同學！你有吃軟飯的潛力耶？」

「姊姊……對此我一點也不開心耶。」

「我一直有在打工所以有些存款，如果你不喜歡我幫你付，那就當成暫時幫你墊錢，這樣不行嗎……？」

老實說遠山也想去沖繩。但是得向同學借錢才能去，他的自尊不允許。

「我知道了……我也想去沖繩，高井妳都幫我說到這個份上了……可是，我不會向高井借錢，我會試著找父母商量借錢。要是這條路行不通的話，就請妳放棄了。」

「喔喔，遠山同學好有男子氣概！抱歉我還說你有吃軟飯的潛力。」

「姊姊，妳完全不覺得抱歉吧？」

「柚實，太好了呢。之後再暗中帶伴手禮給遠山的父母就行了哦。」

「姊姊，我該帶什麼給佑希的父母呢？」

「不對，高井妳不要把妳姊姊的玩笑話當真啊！不要暗中對我父母搞小動作啊！」

「那就決定嘍。麻里花他們可以交給遠山同學去約嗎？」

「回去後我會跟大家聯絡。今天之內我會向父母提這件事，要是ＯＫ的話，我明天向大家報告。」

「好，麻煩你嘍。現在我就把旅行的費用和資料傳過去，你確認一下。」

伶奈操作手機將訊息傳給遠山。

「……比我想的還便宜耶……應該說，這不會太便宜嗎？」

遠山以前很想去沖繩時，有調查過旅行費用，這比當時的價格還便宜得多。

「要是由旅行社組團的話，其實沒有辦法那麼便宜。依據時間點和星期幾來直接預約飛機機位會比較便宜，旅館也是找到旅館官網之類的網站去預約就能夠便宜訂房哦。」

伶奈的興趣是旅行，不論國內或海外，她都去過很多地方。
「原來還有這種辦法呢。」
「所以說，這次是搭ＬＣＣ即所謂的廉航，住宿也不是住旅館，而是週租公寓哦。」
「週租公寓？是長期居留時會住的那種嗎？」
「沒錯，其實短期也可以使用，它沒有櫃檯，就是間普通的公寓，可以自由進出，還附廚房很方便。不像旅館每天都會有人來清掃房間和換床單，所以住宿費用也比較便宜哦。」
伶奈真的知道很多事情。高中生和大學生的差別有這麼大嗎？或者只有伶奈是這麼特別呢……總之，伶奈的經驗豐富很值得仰賴。
「姊姊真的通曉很多事理，值得仰賴呢。這點我可以坦率地佩服妳。」
連遠山都不得不承認伶奈很值得依靠了。
「哎呀，真開心。不過你可別迷上我哦，我會被柚實怨恨的。」
「姊、姊姊？」
「我絕對不會迷上姊姊的，這點請妳放心。」
「被你這麼肯定的拒絕，我會傷心的。」
伶奈以平常的調調來揶揄遠山為樂。
「咦？最後一天住的地方是納甘努島，這是什麼？」
盯著行程表，遠山看見不熟悉的地名。

「納甘努島是座無人島，第三天的行程是到那裡的海邊玩，然後直接過夜哦。」

「無人島也能過夜嗎？」

「這是遊樂用的無人島，附設餐廳，還有住宿用的度假屋。也有設共用的淋浴間哦。」

「咦……那很方便呢。要是沒有淋浴間的話，對女性來說應該會有點不便吧。」

「為了不汙染海洋，自己帶的洗髮精等等是禁止使用的。拜此所賜，周遭的海洋無與倫比的美麗哦。我雖然去許多地方潛水過，但我覺得納甘努島附近的海域是最美的。」

伶奈說的潛水應該是水肺潛水吧？總之伶奈似乎累積了各式各樣的經驗。

「那真是令人期待……我會盡力說服我父母的。」

「哦，遠山同學你也來勁了耶。」

「妳說了這些給我聽之後，當然會變得想去吧？」

「為了提升能夠去的機率，果然我和柚實還是去向你的父母打個招呼……」

「不，請妳千萬不要這樣哦！這樣一做，就算原本能去，可能也會變成去不了的哦？」

伶奈來打招呼的話，反而會降低能去的可能性吧？遠山忍不住這麼想。

「但是認真地說，在旅行期間我會變成監護人，我想還是有需要打個招呼的。」

只有未成年的高中生去旅行的話，確實應該是需要監護人的。

「我會好好地跟我爸媽說，不會有問題的。」

「是嗎？那樣就好。」

伶奈平常總是愛胡鬧，但在這種地方她很有常識，所以可以放心，遠山信賴著她。

「姊姊，先不管那個，第三天要在納甘努島過夜的話，週租公寓只住兩晚就行了吧？如果不在那裡過夜，我覺得有點浪費耶？」

仔細一看行程表，在納甘努島過夜時，同時也預約了週租公寓。

「納甘努島在天候惡劣時是不會出船的，不一定能夠在島上過夜。要是船隻停駛的話，就會變成沒辦法過夜了吧？所以保險起見，我才會預約了三晚的週租公寓。」

就算有突發狀況，也會考慮好對應的方法，習慣旅行的伶奈讓遠山感到十分佩服。

「原來如此……的確是……」

「而且週租公寓不是用一個人住一晚多少錢來算的，而是用一間房間多少錢來算，所以就算多住一晚，一個人也只會多兩千日圓左右，沒差多少呢。」

「問得愈多，愈是覺得姊姊好優秀呢，竟然連這個都想到了。」

「你可以再多誇獎我一點哦？啊，不過可不要迷上我——」

「好啦好啦，要是妳不這樣，那真的就完美了。」

他把伶奈說到一半的話給打斷了，因為要聽到最後也很麻煩。

「但是老是那麼認真就太無聊了對吧？正因為有認真的部分，再加上有趣的另一面，這樣才好啊，就是所謂的反差萌？」

「不，姊姊妳完全不萌啊。」

「遠山同學這個冤家～」

認真來說，遠山從伶奈身上完全感受不到萌的要素。要是伶奈偶爾冒失一下，說不定會萌萌的，但她太過完美了。

「話說回來……姊姊妳和佑希感覺關係相當好呢。」

至今為止一直沉默地聽著兩人對話的高井，感覺似乎有點不開心。

「我好像和遠山同學的調性滿合得來的，應該可以成為好朋友吧？所以柚實妳不可以嫉妒哦？對吧，遠山同學？」

「說得對，我會迷上姊姊的可能性就像水蚤一樣小呢。」（註：水蚤的體長介於0.2～5公釐之間。）

「哎呀，你說的話總是那麼冷淡。難道說……遠山同學你是S嗎？」

「我應該只會對姊姊這樣。」

「你們關係真的很好耶！我感覺是最近一口氣變好的。」

「柚實，說不定遠山同學會變成我的家人對吧？所以得先打好關係才行。」

「妳、妳說家人，是和誰……？」

「那肯定是和柚實妳啊。」

「咦，可是我和佑希還沒有交往……又是高中生……這種事太早了對吧？佑希？」

「是、是啊……雖說如此但還有大學考試……那種事要更加慢慢思考才好吧，我想。」

雖然會覺得成為家人＝結婚，但其實也還沒到思考這種事的年紀。遠山對這件事最終還是沒有答案。

「說、說得也是呢……嘿嘿。」

大概是因為迎接遠山成為家人這個話題而感到開心，高井的心情完全變好了。

——她還真是很清楚讓妹妹心情變好的方法呢。

伶奈為了讓開始鬧起彆扭的妹妹心情變好，巧妙地利用了遠山。果然伶奈很擅長操控人心的技術，遠山再次有了實感。

「事情大致都談好了，今天就到這邊結束吧？我和柚實接下來要去買東西，遠山同學你要一起來嗎？」

事情剛談到一個段落後，伶奈便說著等一下有事並從座位起身。

「不了，我想要回去先和大家聯絡。」

「是嗎，那確定能不能去之後你再聯絡我吧。」

「好，我知道了。」

「佑希，如果能一起去就好了。」

高井也從她的表情中顯露出期待的心情。

「好，我會試著說服父母讓我能夠一起去。還有我想得立刻開始打工才行。為了這種時刻，我覺得有需要去賺錢先存點錢。」

「好，加油哦。希望你能夠順利說服他們。」
受到高井的鼓勵，遠山決定不論如何都要說服父母。
受到高井和伶奈邀請去沖繩旅行的當天晚上，遠山和他的雙親與妹妹四人圍繞著晚飯的餐桌。
——必須說出要去沖繩旅行的事，好難開口啊……
要提出借錢給自己的請求，似乎很難以啟齒。
「那、那個……爸，我有一件事想拜託你……」
不管再難以啟齒，既然和人約好了今天要問完，那就必須得問。
「好難得哪，你竟然有事要拜託我。」
「真的，佑希有事要拜託真的很少見呢。」
遠山除了買書以外，平常幾乎不太會花錢，所以不曾要求過要買什麼東西。以雙親的角度來說，算是很難得的事情。
「那，你想拜託什麼？」
「呃……學校朋友的姊姊和她的打工同伴原本要去沖繩旅行，但打工的同伴們臨時有事要取消，她邀請我要不要代替他們去……那個……雖然我想去……卻、卻沒有錢，所以想說你能不能借我……暑、暑假我會去打工，儘管沒辦法一次還清——」

「可以啊，你需要多少錢？」

「我會好好還錢的……咦？你願意借我嗎……？」

原本正要說明借錢後的還錢方式，但他爸爸沒有聽完就乾脆地答應了。

「應該沒關係吧，孩子他媽？」

爸爸徵求媽媽的同意。

「是啊……明年暑假要準備考試，就不適合去旅行了，我覺得今年你和學校的朋友一起去的話沒什麼關係哦。」

「真的嗎？謝謝爸、媽……」

「咦——？只有哥哥去好狡猾！菜希也想去！」

菜希會想去正如同遠山預想的。哥哥說要出門，她肯定會想要一起去。遠山認為這應該是還無法離開哥哥獨立的一種兄控行為吧。

「菜希，這次要去的成員已經都定好了，雖然很可惜，但我不能帶妳去。」

「菜希，哥哥和學校的朋友一起去旅行，今年說不定是最後的機會了，妳就忍耐吧。」

媽媽規勸著菜希，替他解圍。

「嗯……那我放棄。可是……你要買伴手禮回來哦。」

「好，買伴手禮是小事，妳先想好要買什麼。」

菜希能乾脆地放棄，讓遠山鬆了一口氣。

「高井學姊和上原學姊也會一起去嗎？」

「喔，菜希妳認識這兩個人嗎？」

拜菜希多嘴所賜，爸爸開始表現出興趣。

「對，她們兩個我都有見過，一個是清純惹人憐愛的可愛女生，一個是有著沒用的大奶子，既華麗又漂亮的女生哦。」

——噗噗！

菜希突然無預警爆料，讓遠山忍不住噴出來。話說菜希對上原的態度依然很過分。

「沒關係的，哪一位小姐是佑希的女朋友呢？」

連媽媽都開始有興趣了，事情變得麻煩了。遠山怨恨地瞪著脫口說出多餘的話的菜希，但她本人卻一副事不關己的表情。

——這是不帶她去的洩恨嗎？

「不、不是，我們沒有在交往……」

「喔，那麼你喜歡哪一位呢？嗯？」

爸爸對兒子的戀愛話題感到興趣盎然，讓遠山煩惱著該如何結束這個話題。

「下次我會把她們兩位帶回來的！」

不管承認或是否認，感覺都會被追根究柢，遠山和雙親約定要讓他們見面，想著要曖昧地帶過。

「喔喔，那就很令人期待了呢。一定要在爸爸媽媽都在時把她們叫來哦，可以吧，孩子他媽？」

「好，當然好。佑希都是高中生了，卻連一個女朋友也沒有，過著寂寞的學校生活，我還覺得很可憐呢，這樣我就放心了啊。」

被媽媽覺得可憐讓遠山感到有些震驚。

「就說不是女朋友了。下次我會帶她們過來，這個話題結束了！」

「你那副慌張樣，有點可疑耶？孩子他媽。」

「老公，那是在害羞啦。現在他到了說這種事會害羞的年紀了，你就別太追究了。」

「妳說得也對呢……那，那個朋友的姊姊也會以監護人的身分陪你們一起去吧？只有高中生的話，我可沒辦法同意哦。」

只有高中生去沖繩旅行的話，果然不會獲得認可呢。

「那點沒問題的，伶奈姊姊已經超過二十歲了，而且聽說正在找工作中，她是位可靠的人，很值得依賴哦。」

「那位叫做伶奈小姐嗎？我們可得好好謝謝她才行，下次把兩位女朋友帶來時，也把她一起叫過來吧。」

——咦？不知不覺間，高井和上原同學已經被當成我的女朋友了耶……？

遠山的雙親令人意外地擁有粗枝大葉的豪放性格。

「我會跟伶奈姊姊說的，但我不知道她會不會來家裡哦。」

以伶奈的個性來看，她對長輩的態度應該不會像對遠山這樣，會遵守禮儀吧。伶奈平常雖然愛胡鬧，卻也擁有一般的常識，遠山總是受到她的照顧，所以，他其實覺得把她叫來家裡應該沒關係。

這次的沖繩旅行也是受她邀請，遠山很感謝她。

從雙親那邊爽快地得到去沖繩旅行的許可，當天之內遠山就向沖田與上原說明事情經過，兩人也決定要一起去沖繩了。相澤由上原聯絡，現在正在等待她的回覆中。她似乎有打工的預定，目前正在尋找能夠幫她代班的人。

沖繩旅行成為暑假的預訂行程之後，遠山為了能夠有效活用剩下的假期，用手機尋找著打工。

「果然還是找短期的，立刻能領到錢的會比較好吧？」

一邊滑著顯示在手機上的徵人廣告，遠山因為打工機會太多而不知該選擇哪個才好。

「話說打工機會很多呢……該以什麼基準去選擇才好，我完全不懂啊。」

短期打工以倉庫工作等肉體勞動占大多數，而餐飲店和賣東西等服務業徵長期打工的比較多。

「果然……還是選倉庫工作或活動籌備吧？」

也有很多工作是不收高中生的。這麼一想，應該就不能照喜好挑選工作種類了吧。

思考諸多事項後，遠山開始覺得有些麻煩，他把手機丟到床鋪上，仰天躺平。

對於沒有打過工的遠山來說，在求職網頁上登錄資料的最初一步就很有難度了。

正當他再次拿起手機，要開始尋找打工時，畫面突然切換，顯示為通訊APP的免費通話來電畫面。

「高井？」

高井很難得沒有用文字訊息，而是直接打語音電話過來。高井話少，找他多是有事情，很少使用語音通話。相反地，上原有豐富的話題，就算沒什麼事情，也常會打電話過來。

「喂，高井嗎？妳難得會打電話給我耶，有什麼急事嗎？」

『佑希，抱歉突然打電話給你。』

「不會，我也沒在做什麼，沒關係的。」

『太好了……你之前有說過要打工，找到了嗎？』

「沒有，我正好在看打工的求職網頁，但不知道怎麼做才好……」

『那你應該還沒去應徵吧？』

「是啊……我沒有打工過，總覺得下一步不知道怎麼走才好啊。」

『嗯，那種心情我也懂哦，應徵工作需要勇氣呢。』

「雖說只要不斷地去參加打工說明會就行了，但我不想多花交通費，所以才會變得比平常更慎重以待。」

來回車資要花費數百日圓，參加許多說明會和面試的話，相應來說也是很花錢的。正因為沒錢才要工作，但在開始工作之前就花了很多錢的話，那就本末倒置了。

『那個……要是你還沒決定的話，要不要在我打工的書店工作呢？現在人手不足，還有人快要辭職了，店長說要徵求打工人員。』

「真的嗎？那樣的話請務必讓我去。」

對遠山來說這是順水推舟。如果是有認識的人在的職場，黑心企業的可能性就不高了，更重要的是有認識的人在會有安心感。

『我知道了，我會跟店長說說看。』

「高井謝謝妳！真的幫了大忙了。」

『不過，我不知道會不會僱用你哦。我想至少可以有個面試機會……』

「就算如此也能成為我的第一步，能有機會就很足夠了。」

『明天我有排打工，我會試著說說看。』

「好，麻煩妳了——啊……！」

遠山好像想起了什麼而中斷了說到一半的話。

『怎麼了嗎，佑希？』

「那個……上原同學也能一起工作嗎……？我跟她提到沖繩旅行時，她也說過她要找打工……」

瞞著上原，只有遠山偷偷地開始在高井的打工地點工作，感覺有點不妥。從現在三人的關係來說，沒有必要偷偷摸摸的，遠山如此判斷。

『……我知道了。店長有說過要僱用好幾個人，我也會跟她提上原同學的事。』

到回答為止雖然有一瞬間的停頓，高井還是同意了。

「對不起，我提了無理的要求。」

『不會，沒那種事哦。明天我會跟店長說，晚上聯絡你結果。』

「好，我知道了。拜託妳了。」

『那麼，晚安了。』

「好，晚安。」

——呼……最後我有些緊張呢。

互道晚安後，切斷通話的遠山從緊張感中獲得解放，嘆了一小口氣。

「我得聯絡上原同學打工的事才行。」

遠山為何會提出讓上原也一起工作的請求呢，連他自己都不清楚原因。不過，如果是以前的遠山，應該會默默地只有自己開始工作吧。與高井的關係被上原得知之後，遠山的心也逐漸開始顯現出變化了。

◆

到高井的打工地點工作這件事，很乾脆地拍板定案了。店長對於能夠一口氣徵到兩個人似乎十分開心。書店的時薪老實說並不高，當地只付最低時薪的店也很多，高中生就更不用說了。

與店長結束面試後，已經談好暑假工作一週四天，一次出勤八小時；等到學校開學後，會變成一週工作兩至三天，從傍晚開始工作四至五小時。而去沖繩旅遊的日程之間，則是提出勉強的要求，獲得了休假。

就這樣通過店長的安排得到了工作，今天是遠山和上原的第一天上班日。

「遠山，怎麼辦……我超級緊張的……」

上原在車站和遠山會合後，走在前往打工書店的路上，由於第一次打工而相當緊張。

「不，我也很緊張……不過，聽高井說大家都是好人，沒問題的吧……大概。」

儘管遠山鼓勵她說沒問題的，但他本人也是第一次打工，無法隱藏住緊張感。

就在這樣的情形下兩人走到了店門前，兩人都難以提起勇氣進入店內。

「好！進去吧！」

就算在入口附近一直站著，也只會阻礙通行。遠山做好覺悟，提振自己的精神，便踏進了店門口。

「啊，遠山等等我啊！」

遠山知道一進門，上原自然而然地就會跟著進來，他一個人快速地往店內前進。今天高井也有出勤才對，但她似乎不在店裡。

「我、我是今天開始打工的遠山，請多多指教。」

遠山等到收銀台沒有客人的時機，向工作人員搭話。

「我、我同樣是今天開始在這裡工作的上原，請多多指教。」

遠山和上原即使很緊張，依然向工作人員打了招呼，並低頭行禮。

「啊！你們是和高井同學同年級的新人對吧？我是在這裡打工的青木，請多多指教。」

與他們應對的年輕男性大約是大學生的年紀，是個爽朗的型男。

「好，好的，請多多指教。」

看到型男就在眼前，遠山莫名地緊張，忍不住有些誠惶誠恐的。在有著與高中生迥然不同的氣質且帥氣的青木身上，遠山感受到所謂的年齡差異。

「我不能離開收銀台，不好意思，能夠請你們兩位到店長那邊嗎？你們有來面試過，應該知道地方吧？」

「啊，好的沒問題。抱歉在你忙碌時打擾了。」

「那就待會兒見了。」

遠山低頭行禮，青木揮了揮手並回答道。

「他好像是個很溫柔的人呢。」

對於面試時沒有見過，初次見面的青木，上原似乎印象不錯。

「他感覺是個很好的人，讓我稍微放鬆了一點。」

雖然由高井來教導工作內容是最不需掛慮的，但這麼依賴人的話他說不出口。但是，如果可以的話，他希望能被像是青木這樣人品好的工作人員教導。

遠山和上原穿過後台，到達辦公室前面，便敲了敲門。

「請進。」

從裡面傳出來的應該是店長的聲音吧？

「打擾了。」

遠山和上原打開辦公室的門，進入後發現店長和高井人就在裡頭。兩人對著螢幕似乎正在做著某種電腦作業。發現來者是遠山兩人的高井將視線從螢幕上轉過來，但又立刻把臉轉回去面向螢幕。原本她就不是看見朋友會歡鬧的類型，算是很合理的反應吧。

「遠山同學、上原同學，你們辛苦了。接下來我會請高井同學帶你們去更衣室。儲物櫃上有寫你們的姓名，裡面放著制服，請你們換完衣服後再回到辦公室來。」

「那麼高井同學，麻煩妳了。」

中斷手上工作的店長委任高井幫忙帶路後，再次敲打起電腦的鍵盤。

「那麼，我會帶兩位到更衣室，跟我來。」

就這樣，遠山和上原開始了值得紀念的初次打工。

「青木先生，今天謝謝你了。」

打工第一天，上原向教導了自己大部分的工作的青木道謝，結束了工作。

「上原同學，辛苦妳了。妳們兩位回家路上小心哦。」

「好的，明天也請多多指教。」

高井和上原在打烊時間的晚上九點時結束工作。雖然高中生原本可以工作到晚上十點，但這間店規定女高中生只能到晚上九點，這是為了避免回家時間太晚導致被捲入犯罪事件。而身為男性的遠山則要工作到晚上十點。

「遠山你再加油一小時哦。」

「上原同學，辛苦了。高井今天也謝謝妳幫很多忙。」

「佑希你剩下的時間也要加油哦。」

高井和上原向還留著的工作人員打完招呼，換裝完畢後，走出了店外。

「上原同學，今天怎麼樣呢？」

「雖然緊張，但幸好其他同事人都很親切。」

「在這間店工作的人都是很好的人，我剛來的時候也獲得了很多幫助哦。」

「因為有高井同學和遠山在，我在心情上才比較輕鬆，要是在沒有熟人的職場工作，感覺會很辛苦。」

就像上原自己說的，能夠像這次有人邀約，在有熟人的職場工作實屬難得，平常的人際關係是從零開始的。一想到必須從頭開始構築人際關係，上原和遠山可以說是受惠了。

「嗯，開始打工以前會感到非常不安，但大家都是容易親近的人，即使怕生如我，他們也能馬上和我相處融洽。有位叫做藤森同學的同年級女生也在，我想如果是上原同學，很快就能和她相處融洽的。」

現在說藤森是高井關係最好的朋友也不為過。

「是嗎……那我會期待見到她的。」

在前往車站的路上邊聊邊走著的高井和上原，對話到此中斷了。原本高井就不是愛說話的人，和遠山在一起時也是，當兩人獨處時對話經常會中斷。

「嗯……高井同學，我有事想問妳。」

對話中斷後，兩人默默地走向車站時，上原停下腳步，開口說道。

「上原同學，妳想問我什麼？」

「……為什麼妳連我都介紹打工呢？」

「妳問為什麼……是佑希拜託我的哦？」

「我不是指那個，即使是被拜託，高井同學妳為什麼會想要和我一起工作呢？」

「抱歉……我聽不懂上原同學妳說的話。」

上原所說的話，讓高井無法理解。

「對高井同學來說我應該是個電燈泡吧……所以……要是妳不介紹工作給我的話，遠山和妳就能兩個人一起工作了……為什麼？我喜歡遠山……妳也喜歡遠山，我們是情敵哦？」

上原似乎很痛苦地擠出這些話，終於讓高井察覺了她的意思。

「……佑希他並不是受到上原同學所託，卻拜託我希望能夠讓妳一起工作。想和妳一起工作是佑希的願望，那是我不可能擅自拒絕的。我絕對不會做出佑希不希望的事情，所以佑希希望的事我都會去做。」

「……假如，遠山對妳說出他想和我交往，希望妳退讓的話，妳會聽從嗎？」

「只要佑希是如此希望的話。」

「為什麼……？妳之前不是喜歡遠山喜歡到獻出身心的程度嗎？即使如此妳也要放棄？妳已經不喜歡遠山了嗎？」

即使知道高井和遠山有肉體關係，上原也沒有放棄。所以高井的那種覺悟，上原感到不能理解。

「不是那樣的！到現在我都好喜歡佑希……要是稍早以前的我是不會放棄的。實際上我為了想要吸引佑希的注意，做了許多讓他困擾的事。我一直認為我什麼都沒有，一直認為會需要這樣的我的人只有佑希……不過，我錯了。我有媽媽還有姊姊在，相澤同學和沖田同學也在，而且還有上原同學妳這個朋友。我執著於佑希一個人，要是會成為他的負擔，造成困擾的話，我會退讓。只要那樣能讓佑希變得幸福的話……那樣——就好。」

高井最後的話語雖然說得斷斷續續的，但還是說完了。

「不懂……我不懂啊！那種事我無法理解！為什麼妳不追求自己幸福就好呢？要是我的話……就算遠山選擇了高井同學，我變成第二順位也一樣，直到成為第一順位為止我絕對不會放棄！」

上原的這句『絕對不會放棄』，明顯是對高井的宣戰布告，總是守勢的高井，和不放棄進攻態勢的上原，完全相反。

「上原同學……我也沒有放棄的打算。所以要是佑希選擇了我，我不會同情妳。」

「打從一開始……我也不同情高井同學，也不打算客氣。」

高井和上原互相表明了真實的內心想法。那些話語沒有虛假掩飾，而是要依照自己的心意去做的意思。事到如今兩人都清楚做表面工夫已經沒有意義了。

完全不知道高井與上原正在展開這樣的對話，遠山正受到青木指導打烊後的工作。

「遠山同學，時間到了，我們也結束工作吧。」

青木在晚上十點時，告訴遠山工作時間已經結束了。

「啊，已經這個時間了呢。青木先生，今天謝謝你的指導。」

「辛苦你了，話說遠山同學你回去是搭電車嗎？」

「啊，是的，我搭電車。」

「那麼到車站為止我們一起走吧？」

「我、我知道了。」

對於青木提議要一起走，遠山有一瞬間感到困惑。

——考慮到往後，得先打好關係才行……對吧。

遠山並不是討厭青木，而是他不擅長交際，老實說他想一個人回家。雖然朋友增加了，但遠山獨來獨往的性情依然沒變。

天色完全暗下來，白天的暑氣也緩和了，遠山和青木兩人走在前往車站的夜晚道路上。

「遠山同學，今天怎麼樣？」

遠山還在不安著該說些什麼才好，由青木開啟了對話，讓他鬆了一口氣。

「我是第一次打工，真的很緊張。老實說，今天教我的東西也因為我太緊張，幾乎都記不起來……」

「啊哈哈，說得也是呢。不管是誰一開始都會緊張的，不過，習慣就好了。這也不是專業且有難度的工作，只要做一段時間自然就會記得了哦。」

「那樣的話就好……我不擅長面對人群，顧收銀台特別讓我感到不安。」

「這麼說起來，高井同學一開始也說過她很不擅長顧收銀台呢。」

「從學校的高井行為舉止來想，確實是給人那種感覺呢。」

高井一直迴避著與遠山之外的人交流，很容易想像到她特別不擅長接待客人的業務。

「這麼說起來……我聽說遠山同學和高井同學同班，那上原同學也是嗎？」

「對，我們三人都同班。」

「是嗎……話說回來……上原同學是遠山同學的女朋友嗎？」

「不、不是這樣！」

雖然被唐突的提問給嚇到，但想到青木是對上原有意思才這麼問的話，那就不奇怪了。

「你們兩人一起開始打工，我還以為你們是情侶呢。」

「我正在尋找打工的時候，高井主動跟我提的，剛好上原同學也在找打工，才順勢一起拜託高井了這樣吧……」

「高井主動提的……嗯，我懂了，原來是這樣啊。」

遠山不能理解他懂了什麼，但青木似乎想通了什麼。

「請問是什麼……？」

「沒事，是我自己的事。這麼說來……我曾向高井同學告白，被甩過一次哦。」

毫不顧忌這是平常不會想被別人知道的內容，青木沒有表現出煩惱的樣子，以非常乾脆的態度說起這件事。

「是、是這樣嗎……？對初次見面的我說那麼重要的事沒關係嗎？」

突如其來的自爆，遠山不能理解對方為什麼要向自己說出這種需要小心應對的事情，他的腦中充滿了問號。

「不知為何，我就是想讓你知道。」

「這樣嗎……」

——原來邀請高井去約會的打工地點的前輩是青木先生嗎……不過，他特地向我報告被甩了的事情，是有什麼目的的呢……？

除了聽說她拒絕約會以外，遠山沒聽高井說過其他事情。

——就算被青木先生這樣成熟並且帥氣的男性告白，她也拒絕了嗎……

這麼一想雖然開心，但另一方面知道她被其他男性告白的事情後，遠山有些五味雜陳。

因為高井未必會一直對遠山抱持好感。

「雖說如此，我也不是放棄了呢。」

遠山看見單方面說著話的青木表情，理解了他的目的到底是什麼。

——是嗎……我不清楚高井是用什麼方式拒絕了告白，但青木先生確信和我有關。

「……」

遠山明白自己沒有立場說什麼鼓勵他或支持他的話，所以他什麼都沒說保持沉默。

「突然對你說這些你也很困擾吧。我一直想對人訴說這些事。抱歉說了些奇怪的話。」

「不會，沒那種事……」

說不定青木是想試探遠山會作何反應，所以遠山除此以外沒再說話。

氣氛變得有些尷尬，之後兩人沒再對話，直到到達車站為止，都沉默地走著。

「青木先生，我是反向的車，要在這裡跟你道別了。辛苦你了。」

穿過剪票口後，遠山行了一禮，便走向連接月台的樓梯。

「遠山同學，我是個很難放棄的人，只要有機會，不論幾次我都會繼續向高井同學進攻的哦。」

那句話讓遠山停下腳步，他一回頭就和青木對上眼，從那裡看不到敵意與惡意等負面情感，始終都是優秀青年的溫柔眼神。

「那麼，明天見。」

遠山無言地低頭致意，青木揮了揮手後便在連接月台的樓梯消失了蹤影。

——青木先生他好像知道一些我們的事情……雖然不清楚高井對他說了多少……但明天開始就很難相處了。

被迂迴地發出情敵宣言後，遠山一想到明天往後的事情，就變得有些憂鬱。

打工第二天。

「柚實，辛苦啦～」

出勤時間較晚的藤森在後台向正在教導遠山和上原業務內容的高井打了個悠閒的招呼。

「藤森同學，辛苦了。」

「哦，難道是新人嗎？」

「對，我介紹一下他們兩位吧。」

「哦哦……這就是傳說中的那兩位嗎。」

藤森以前曾經在陪高井商量時聽她說過遠山和上原的事情，知道一定程度的內情。

「佑希、上原同學，可以打擾一下嗎？」

遠山和上原在書店的後台停下了高井所教的業務，轉身面向藤森。

「她是在這裡打工的藤森同學，和我們一樣是二年級哦。」

「初次見面，我叫做藤森加奈子。要是有不懂的地方都可以問我。」

令人意外地，藤森認真地做了自我介紹。平常她對待店長和青木等年長者雖然態度隨意，但對於初次見面的對象卻是正常的對應方式，這是她本性認真的證據吧。

「初次見面，我是遠山佑希。經由高井介紹，從昨天起才剛開始工作，請多指教。」

「初次見面，我叫做上原麻里花。同樣是從昨天開始工作的，請妳多多指教。」

遠山和上原向藤森低頭致意。

「啊，原來如此……你們就是遠山同學和上原同學啊，我有聽柚實提過哦。」

「咦……？高井同學有說過……什麼嗎？」

聽到藤森說她聽過兩人的事情，上原不安地詢問道。

「我聽柚實說她班上有個超～可愛的女孩子，見面之後時才發現真的是位大美人，讓我嚇了一跳呢。」

「沒……那回事啦。」

受到同性的稱讚似乎讓上原有些害羞。

「可愛即正義啊，妳不用那麼謙虛，可以更加強調自身魅力哦？」

「是、是那樣嗎？」

上原相當困惑。

「柚實也是啊，妳這麼可愛，不加以強調很浪費啊。你不覺得嗎？遠山同學？」

藤森用充滿深意的眼神看向遠山尋求同意。

「咦？要問我嗎？」

「是啊？現在這裡只有你一位男性。」

突然被丟來問題的遠山不知該怎麼回答，像是求救般地向高井使了眼色。

「藤、藤森同學……這讓我有點害羞……好了啦。」

「這麼害羞的柚實也好可愛！妳最好更有自覺一點哦？以妳為目標的客人也很多哦。」

依照藤森所說，常客中似乎有很多是高井的粉絲，似乎也常有人詢問她有沒有男朋友。

「這、這樣嗎？」

沒有自覺的高井似乎對這些事一無所知。

「是啊。不過，這樣一來可愛的女孩子又多了一位，感覺會變得更熱鬧呢。我也很喜歡可愛的女孩子哦。」

藤森看向上原，很開心的樣子。

「藤森，妳沒有對他們兩位說失禮的話吧？」

從店裡往後台露臉的青木似乎很擔心地提問道。

「我才沒說那種話。可愛的女孩子增加了，達也你也很開心吧？」

藤森一邊壞笑著，一邊探看著青木的臉。

「我不是為了尋求邂逅才來工作的哦。不管誰來都一樣。」

「啊——好啦好啦，達也你好認真啊。可愛的女生增加了我很開心哦，變得十分期待打工哦。」

「別把我跟妳混為一談。」

「嗯，達也你只要有柚實在就夠了吧？」

「藤森！我要回去工作了。」

「好啦好啦，對不起。」

雖然嘴裡道著歉，藤森卻沒有任何反省的樣子。

「真是的……遠山同學，還有上原同學，抱歉，藤森的玩笑開得太過頭了。」

「不會，青木先生和藤森同學的關係很好呢。」

就像上原說的，由遠山看來，對開玩笑的藤森，青木不是真正在生氣，兩人是非常開心地展開對話。
「不過同年紀的新人增加了，她應該是很開心吧，請對她寬容些。」
青木的對應方式相當成熟，對待鬧著玩的藤森也是態度寬容。
「然後呢……我有工作想要請兩位幫忙，可以請你們到我這邊來嗎？」
「啊，好的，我知道了。藤森同學接下來請妳多多指教。」
「請多多指教。」
遠山和上原點頭之後，和青木一起走向店裡消失了蹤影。
「那就是那個遠山同學和上原同學嗎……嗯，上原同學比我想像的還要美上許多，嚇我一跳。」
和高井兩人獨處的藤森訴說著她對上原的印象。
「對，上原同學不只外貌出色，個性也很好……」
上原在學校廣受歡迎連高井也知道，可說是完全沒有類似缺點的東西吧。
「那樣一來，連個性都好的話……似乎不能小看呢。不過柚實妳的可愛也不輸給她，被妳們兩人喜歡的遠山同學是何方神聖？雖然對他有點失禮，但他乍看之下很平凡耶。」
正如藤森所說，遠山一看不過是個相當陰沉的普通高中生，沒有人會想到那樣土氣的男生竟然會得到兩位美少女的青睞吧。
「我覺得佑希的優點，其他人大概很難理解，所以妳會這麼想應該也很正常。」

「人各有所好，遠山同學身上應該是有我不知道的許多優點吧。」

「對，萬一發生什麼事時，他是個值得信賴且溫柔的人哦。」

「接下來我也要和他一起工作，就讓我好好觀察吧，觀察柚實和那兩人之間的事情。」

「請、請妳適度就好。」

「沒問題、沒問題，我是站在柚實這邊的，不會打擾你們。我只要在上原同學和遠山同學過於接近時進行妨礙就行了吧？」

藤森像是在說玩笑話，但她的眼神很認真。

「真是的……妳可以不用做那種事的。讓上原同學也來到這裡，是出自我的意願啊。」

「對！就是這點！柚實妳為什麼要連情敵上原同學都介紹打工給她呢？不要叫她，只叫遠山同學的話，就可以在沒有妨礙者的情況下和他一起工作了呀。」

藤森所言甚是，但就像她曾對上原說過的一樣，她只是依循遠山所願而已。

「這是佑希所希望的……我只是遵從他的願望而已。」

「嗯……這完全就是贈鹽與敵啊，我沒辦法理解呢。就算是喜歡的人的希望，但妳也不能變成容易利用的女生哦？」

「好，我知道的，謝謝妳為我擔心。」

「妳知道就好……對了，今天柚實和上原同學都是到晚上九點吧？機會難得，一起回去吧。」

「我知道了，等等我會先跟上原同學提一下。」
「OK～在回家路上我要問上原同學很多事情。」
「等、等等啊，藤森同學！妳可不要問太奇怪的事情哦？」
藤森看起來覺得很有趣，但對高井來說不知道她會問什麼讓她感到不安。
「開玩笑的，我不會做對柚實不好的事，放心吧。」
「真是的……」
「哎呀，閒聊太多會被達也罵的，待會兒見了。」
兩個女生的話題是無窮無盡的，但由於還在打工中，兩人便回去工作了。

「上原同學，時間到了，結束工作吧。」
到了晚上九點，三個女高中生迎來打烊時間，高井對著在後台獨自作業的上原招呼道。
「啊，原來已經這個時間了。」
「今天藤森同學會順道去超商大約三十分鐘左右，上原同學妳可以嗎？」
「那樣沒問題哦。」
藤森在當班到晚上九點的日子時，順路去完超商後再回家已經成為了習慣。
「柚實、上原同學，我肚子餓了，我們趕緊回去吧。」
「藤森同學，辛苦了，今天謝謝妳了。」

「上原同學，辛苦了。接下來去超商聊一下吧。」
「好，雖然我沒辦法聊很久，一起去吧。」
藤森她們這個女高中生三人組走向了更衣室。
「達也、遠山同學！辛苦啦！」
前往更衣室的途中，藤森瞧見了青木和遠山，她從遠處向他們揮手並打了招呼。
「藤森，妳別給上原同學她們添麻煩哦？」
青木似乎在擔心藤森會給她們兩個添什麼麻煩。
「我知道了啦，達也你真愛操心耶。再見啦！」
藤森像是對待同年級生般地打完招呼後，便離開了現場。

「店長，辛苦了。」
「上原同學，辛苦了。回家路上小心哦。」
「好的，我先告辭了。」
最後將出勤卡打好後，上原離開了辦公室，從店員專用出入口走到外面。
「那麼，就像往常一樣在超商吃完晚飯後再回家吧。」
與先行在外面等候的藤森和高井會合後，她們邁步走向往車站方向路上的超商。
「藤森同學妳都在超商吃晚飯嗎？」

「是啊。這個時間回到家才吃飯會胖的，但也不可能不吃，所以才會在超商稍微吃點東西之後再回家。」

「確實，現在回家後再吃飯應該是有點晚了……在這個時間吃晚飯是減肥的敵人呢。」

「對吧？所以我才會總是讓柚實陪我來的。」

「高井同學也是每次都在超商吃飯後再回家嗎？」

「不是，我有打工的日子，家裡是由姊姊做晚飯，我會回家之後再吃。」

「即使如此柚實妳也不會胖，真好耶。要是我的話，一下子就會變成肥豬嘍。」

「沒那回事哦，最近我的腰圍好像有點變胖了，裙子有點緊……所以晚飯我改成不吃太多分量了。」

「柚實的腰圍很性感，會引人遐想呢，上原同學妳不覺得嗎？」

「真是的，我很在意這點的……」

「咦？怎、怎麼樣呢？我不太懂呢……哈哈。」

上原也覺得高井的腰部姿勢莫名性感，她從以前就這麼想了，但高井本人似乎很在意，所以她決定不觸碰這件事。

「上原同學妳的腰圍很窄呢……還有那豐滿的胸部……我好羨慕……」

與寫真模特兒並駕齊驅的上原，擁有連女性都會憧憬的理想體型。藤森好像很羨慕，把上原的全身從上到下像在來回舔舐般地盯著瞧。

「真是的……藤森同學妳這樣猛盯著人家看的話，對上原同學很失禮哦。」

「沒有啦。雖然也有羨慕的成分在，但其實我很欣賞女性的身體哦。妳們不覺得女性的身體很美麗嗎？」

藤森毫不顧及才初次見面就將性癖全部公開，令上原有點傻眼。原來青木之所以會一直叮囑藤森不要添麻煩，就是因為這樣吧，上原微妙地想通了他的用意。

總之上原已經明白藤森這個人，是個即使初次見面也能親切地對待他人的人。她不是讀不懂氣氛的那種人，而是個性上不知不覺就會對人寬容的感覺。

一邊聊著這些話題一邊走著，轉眼間就到達了目的地的超商。

「那麼，今天要吃什麼呢。妳們兩個真的什麼都不買嗎？」

藤森一邊看著飯糰的層架，一邊問她們兩人。

「我買個飲料吧。」

這麼說完，上原買了紙盒裝的果菜汁。

「我買老樣子的紅茶吧。」

高井也買了飲料，買完東西的三人走到超商的停車場，坐在應該是車擋的及腰高度的欄杆上。超商店內雖然有內用餐飲區，但使用時間只到晚上九點為止，現在這個時間是不能使用的。

「藤森同學，妳晚飯只吃一個飯糰嗎？」

藤森手上只拿著飯糰和寶特瓶裝的茶。看見這副景象，上原用「這樣就夠嗎？」的眼神看著飯糰。

「當然不夠哇？但是我正在減肥，也沒辦法了。少女好辛苦。」

「妳會像這樣努力減肥也是那個……為了男朋友或是喜歡的人嗎？」

開始意識到戀愛情感的上原，似乎也對別人的戀愛感到有興趣。

「沒有啦，也不是那樣……怎麼，上原同學有興趣嗎？」

「那個……妳和青木先生的交情似乎很好，看到你們剛剛的互動，我覺得好像氣氛不錯吧？」

「不可能不可能！達也不可能！雖然他長得好看個性也好，但那種甜寵型的男性不是我的菜吧……要選的話，應該說遠山才是我的菜？」

「咦？」

「咦咦？」

藤森意想不到的發言，讓高井和上原齊聲驚呼。

「咦……？呃……抱歉，我是開玩笑的啦……」

大概是太驚訝了，高井和上原暫時僵住了，藤森慌忙地說是開玩笑來否認。

「說、說得也是呢，啊哈哈。」

最驚訝的是上原，她幾乎完全不了解藤森的為人，似乎以為她是認真的。

「遠山同學是今天才第一次見面，我連他的個性都不了解呢……」

從高井那裡聽到一些內情的藤森看到上原比想像中更加動搖，便想知道她到底有多喜歡遠山。

「這麼說來，上原同學妳和遠山同學正在交往嗎？」

她沒從高井那邊聽說過這件事，這是藤森想稍微讓人動搖的提問。

「為、為什麼妳會覺、覺得我和遠山同學在交往啊？」

「妳看，男女生會特地一起來應徵打工，通常都是情侶吧？所以我才會這麼想的。」

經常會有朋友一起打工，但大致上都是同性朋友。如果是異性選擇同一個打工地點的話，大致上都會被認為是情侶吧。

「我、我和遠山……並沒有在交往。」

上原看向高井，一邊結結巴巴地老實回答。

「是嗎，那他和柚實在交往嗎？」

這麼說完，藤森探頭看向高井的臉。高井像是用眼神在表達：「妳明明知道，真是壞心眼」，藤森看得出來。

「我也沒有和佑希在交往……」

和他有著肉體關係的高井也無法說出：「我們交往吧。」並繼續持續這種關係，她處於很難說成是以戀人身分與對方交往的狀況。

「是嗎，抱歉，我做了奇怪的猜測。」

高井與上原如果沒有對彼此說謊，那就是處於膠著狀態中，藤森也能明白。

「不會，我也猜測了青木先生和藤森同學的關係……」

上原的好奇心似乎變成了自掘墳墓。

「那麼，時間也很晚了，回家吧。」

談話告一段落之後，三人的順道之行也結束了。

和從超商走路就能回家的高井告別後，上原和藤森兩人走向車站。

「藤森同學妳知道我們三人之間的關係嗎？」

上原單刀直入地詢問藤森。

「嗯～我沒有問得很詳細，但知道一定程度吧。是我跟柚實說，當她覺得很痛苦時，我可以陪她聊聊天哦？這樣。」

「這樣嗎……妳從高井同學那裡聽說過什麼呢？」

「妳們兩人喜歡同一位男性，那個人和上原同學同樣成為體育祭的執行委員，她一直說這樣對她來說很不利。我所聽到的大概是這樣吧。」

——高井同學原來沒有說出一切呢。

高井將有肉體關係這件事略過不提，沒有向藤森全盤托出。

「藤森同學，很抱歉我將私事帶到打工的地方來了。」

「不會，我覺得沒有關係哦。只要妳們不要在店裡爭風吃醋就行啦。」
藤森邊笑著邊這麼回答。
「我、我才不會做那種事！在職場中我不會做出給人添麻煩的事情。」
「不過，你們三人特地選擇了同一個職場開始工作，應該有某種意義吧，我希望你們可以順利地做下去呢。其實我很想幫柚實加油的，但我像這樣和上原同學也成為朋友了，這樣我就不能只為某一方加油了啊。」
明明今天才初次見面，藤森就已經將上原稱做「朋友」了。對她來說，上原是個值得成為朋友的人吧。
「說得也是呢，這次是高井邀請遠山來打工，遠山又邀請我來的。」
「是這樣嗎？那麼不論是柚實或遠山，該說帶有目的呢，或者說都有明確的理由呢。」
遠山為何會邀請上原來打工呢，這是上原最想知道的事情。
「我是這麼想的。」
「是嗎，雖然我不該隨意置喙，但如果能夠透過開始在這裡打工來弄清楚就好了。」
「妳說得對……不過，開始打工的目的是為了賺到旅費，我不會忘記這個目的的。」
「確實……那方面我沒辦法成為助力，但如果是打工的事，可以不用客氣跟我說哦。」
「好，謝謝妳。幸好今天能把我們的事情告訴藤森同學。要是保持祕密的話，我想會很難工作的。」

「我從柚實那裡也聽到一定程度的事情了。不過，要是上原同學今天沒有像這樣跟我說明，我就得一邊假裝不知情，一邊和妳接觸了，我也覺得幸好能夠說出來。」

「聽到妳這樣說真好。藤森同學，接下來也請妳多多指教。」

「話說回來，妳就跟柚實說的一樣呢。」

「什麼事呢？」

「柚實說過上原同學是位美女且個性又好，我覺得真的就像她說的一樣呢。」

「原來高井同學是那樣說我的嗎……」

「我想柚實認為上原同學妳是她重要的朋友，所以才會煩惱的哦。喜歡上同一個人真辛苦呢。」

「妳說的對……不過我已經決定不會放棄，做好覺悟了。」

「是嗎……這樣遠山同學就責任重大了呢。」

就如同藤森所言，必須得由握有全部關鍵的遠山來做出最後的決斷。

◆

「遠山同學，我們的休息時間一樣，要不要稍微聊聊？我們都還沒說過幾句話呢。」

隔天，藤森對正走向休息室的遠山搭話。

「我知道了，那就請容我和妳聊一聊吧。」

「遠山同學，你可以不用那麼見外。我們同年級，用同輩語氣就行了。」

「雖說如此但妳是前輩……」

「啊，你不必在意那種事。總覺得被人使用敬語就會產生距離感呢。」

「……雖說如此，但我們幾乎還沒說過話，難免多少有點生疏，這點還請妳見諒吧。」

「完全ＯＫ哦，你有那份心意就夠了。那麼我們去休息室吧。」

在遠山實習時，藤森幾乎沒有教過他，今天說不定還是第一次能夠好好交談。

「辛苦啦～」

到達休息室後，藤森一邊打招呼一邊開門，進入房間後便從冰箱裡拿出寶特瓶，坐到椅子上。

「那麼，遠山同學你打算和誰交往呢？」

「咦？那、那是什麼意思？」

「就是說，柚實和上原同學你要選誰？」

幾乎沒說過話的藤森突然單刀直入地提出疑問，讓遠山驚慌失措。

「……為什麼藤森同學會知道這件事呢？」

遠山雖然感到疑問，但仔細一想，她和高井一起工作，就算知情也不怎麼奇怪。令他擔心的是她知道多少。

「柚實會找我商量，我在遠山同學和上原同學來工作之前就已經知道了哦。」

「……那藤森同學妳知道多少？」

遠山領悟到就算試圖蒙混也沒有意義了，於是向她確認她從高井那裡聽到多少。

「柚實和上原同學正在追求你，但你優柔寡斷不知會和誰交往，還有這些事情不要跟別人說，大概是這樣吧。」

「除此之外呢？」

「只有這樣啦。」

看來藤森似乎不知道遠山和高井之間有肉體關係這件事。

「大致上算是合乎實情啦，但被說是優柔寡斷有點傷害到我呢。」

「優柔寡斷不是柚實和上原同學說的，是我的感想。」

「這、這樣嗎……不過，被說優柔寡斷我也沒有話可以反駁……」

「我也不是不懂遠山同學你的心情啦。」

「是、是嗎？」

「因為那可是柚實和上原同學耶？就連我都選不出來。」

「能夠得到妳的理解，真讓我不勝惶恐……」

「不過……你的責任很重大呢。把話說開來的話，是遠山同學你握有主導權呢。」

「……是的，這點我明白。我現在無法明確表示自己的心意，什麼都做不到，所以被說優柔寡斷我也無可奈何。」

「你要是明白這點的話，我就沒有其他話要說了，只是——」

「只是？」

藤森停下說到一半的話，看向遠山。

「不要讓達也——啊，我是說青木，最好不要讓他知道哦。」

「……我就不問理由了，我會注意的。」

遠山在第一天就從青木那裡聽過他曾經向高井告白過。藤森大概是在說那件事吧。

「好，就這麼辦。被他知道的話會變得很麻煩的。」

這樣看來，三人一起打工應該是有意義的吧，遠山開始這麼想。遠山會邀上原來打工，是因為他不想更偏愛某一方，想要平等地對待兩人。可是，遠山沒有發現這種行為正是將高井與上原放在天秤上做比較。

『青木同學，你不進去休息室嗎？怎麼在門前呆站著呢？』

『啊，沒有，沒什麼。我要回去工作了。』

休息室外傳來了店長和青木的聲音。

——青木先生？難道剛剛的對話被他聽到了？

從聽到的店長和青木的對話中可以得知，他有可能在外面聽見了藤森和遠山的談話。看來青木不會進到休息室來，要回去工作了。

「藤森同學……妳聽到了嗎？說不定被青木先生給聽見了……」

「嗯……有可能呢……不該在這裡說出來的。遠山同學，抱歉……要是我沒有多嘴問你的話……」

最初提出這件事的藤森似乎感到很抱歉地垂下頭。

「不會，既然要在這裡繼續工作，這是我總有一天必須面對的問題，請妳不用在意。而且，他可能還沒聽到也說不定，暫時先觀望情況吧。」

「真的很抱歉……」

藤森同學似乎感覺責任在自己身上，十分沮喪。

「這個問題完全是我自身的行為所引起的。所以藤森同學妳不需要介意。」

主張會導致這種情況自己要負全責，為了稍微減少藤森的罪惡感，遠山這麼對她說。

「藤森同學，差不多該回去工作了哦。」

對沮喪沉默的藤森同學說完後，遠山打開休息室的門，環顧周圍之後走了出去。

——青木先生不在呢……

如果能夠就這樣直接下班回家該有多好，但工作時間還沒有結束。而且遠山的下班時間和青木是一樣的。

——今天要這樣工作，心情好沉重啊……

儘管如此也不可能拋下工作不管，遠山做好覺悟之後便回去工作。

之後，雖然青木也有教導他工作，但青木的表情沒有異樣，什麼事都沒發生地迎來了晚上十點。說不定他只是從休息室前經過而已，沒有聽到他與藤森的談話，遠山決定這麼想。

「遠山同學，今天也一起回去吧。」

正當遠山打算稍微打個招呼就快速回家的時候，和前幾天相同，青木邀他一起走。

「……好的，我知道了。」

遠山雖然不情願，卻也不能拒絕，於是就變成要一起走了。

「店長，辛苦了。我先告辭了。」

「遠山同學，辛苦了。回家路上小心哦。」

打完出勤卡後，遠山便離開了辦公室，直接走向店員專用出入口。青木似乎先到外頭等候了。

——心情好沉重……但是又不能不回家。

遠山拉開出入口的門把，覺得門很沉重。來到外面後，青木的身影映入了眼簾。

「青木先生，讓你久等了。」

「遠山同學，可以占用一點時間嗎？我想要順道去超商後再回去。」

「啊，好，去一下子的話沒關係。」

「那就走吧。」

兩人沒有對話，便到達了超商。
「遠山同學你要哪種？我請客哦。」
面對著飲料陳列櫃，青木問遠山。
「不、不用了，讓你請客多不好意思。」
「你不用客氣的。」
「我、我知道了……那我選這個。」
由於不好意思拒絕太多次，遠山放棄了，指了指罐裝咖啡。
「那我也選一樣的吧。」
青木拿了兩罐一樣的商品，到收銀台結帳。
「來，請喝吧。」
來到超商外面，青木將罐裝咖啡遞給遠山。
「謝、謝謝。」
「在那裡邊喝咖啡，邊聊一下吧？」
青木指向超商停車場的一角，在設有車擋處的附近。
「我在十一點前必須回到家才行，只能稍微聊一下。」
「不會花那麼多時間，沒問題的。」
「好，我明白了。」

——啊啊，果然這是被聽見了什麼的模式啊。

在超商停車場的陰暗一角，與關係還不算朋友也還不到能夠相談甚歡的人駐足聊天，這種事應該不常見吧。這毫無疑問地就是被他聽到在休息室的談話了吧。

「今天我在休息室前偶然聽見你們的談話——」

——啊啊，果然被他聽到了。

「我就單刀直入地問你，希望你老實回答我。」

青木以認真的神情面對遠山。

「遠山同學你與高井同學、上原同學之間到底是什麼樣的關係？」

不知道他是從哪裡開始聽到談話內容的，但隔著休息室的門聽到的談話，想必不會很清楚吧。

「由我自己來說可能有點自負吧，你可能會覺得是我搞錯了也說不定——」

就算是遠山，要他自己說出高井和上原兩人都對他抱有好感這件事，也沒辦法不猶豫再三，所以他才會吞吞吐吐的。

看向遠山的青木沒有生氣，也沒有不爽，他的神情和平常沒兩樣。

「高井與上原同學兩位都對我有好感。」

不知道該怎麼說才好，遠山以坦率的言語傳達給青木。

「唉……是嗎……果然是這樣啊……」

青木嘆了一大口氣，低下了頭。

「青木先生……」

自己喜歡的女性對其他男性抱有好感，應該很難忍受吧。

「我不覺得……遠山同學你是自負或者搞錯了，因為我被高井同學甩掉的理由就是她『有喜歡的人』了。」

——你說什麼？高井被告白的時候提到我了嗎……？

「原來是這樣啊……」

「看來上原同學也對遠山同學抱有好感，你真的沒有和其中一方交往嗎？」

「對，真的沒有交往。」

「為什麼？為什麼不和其中一方交往？你是把她們放在天秤上做比較嗎？」

「不、不是那樣的……我——」

遠山省略與高井的肉體關係，將從遇到高井，到解決上原遭遇的騷擾事件為止的事情都跟青木說了。

「是嗎……像這樣發生過許多事情，上原同學也開始對遠山同學抱有好感了嗎……這些我知道了。要喜歡誰是個人自由，不由得旁人多嘴。不過……由我看來，現在你們三人的狀況是遠山同學你正在把高井同學與上原同學放在天秤上做比較呢。」

「我沒有……那種打算！我是真的喜歡她們兩人，我知道不好好給出答案是不行的。可是我不知道！我不知道該怎麼做才好……所以我才會在高井邀我來打工時，也邀了上原，我想要平等地對待她們。我覺得這麼做說不定就能明白些什麼了……」

遠山的話語中沒有一絲虛偽。他真的是喜歡她們兩人，才認為只要平等對待她們的話就能明白些什麼了。

「遠山同學的這種行為正是把她們兩人放在天秤上做比較的證據哦。」

「不、不是那樣的！」

「遠山同學你雖然想藉由平等地對待她們兩人來確認自己真正的心意，但那是擁有決定權處於優勢地位的人的自私哦。」

「啊……」

「看來你發現了，能夠決定要和她們兩人之中的哪一方交往的是遠山同學，所以絕對沒有平等這回事。」

青木說的是對的，遠山無話可回。

「打算平等對待她們的遠山同學，在三人一起相處後，將會捨棄疲憊不堪而退出的那一人，剩下的那個人就是遠山真正喜歡的女性了，你會這麼認為並和她交往，我想這會是現在你們三人的結局。又或者你沒和她們兩人任何一方交往，在你慷慨施予模稜兩可的愛情後，對疲憊不堪的她們兩人來說，會剩下什麼呢？」

決定依照遠山說的去做的高井，發誓不論如何都不會放棄的上原，只要和她們兩人繼續現在的關係的話，就會變成和青木說的一樣吧。

「遠山同學你會變成我的情敵，我沒有理由要給你忠告——可是我沒辦法默默看著高井同學再這樣繼續受傷下去，才會對你說這番話。所以，我其實很想現在立刻再對高井同學告白一次啊。」

「……不可以，我不會把高井讓給任何人！」

「那麼，你要放棄上原同學嗎？」

「那樣我也做不到，她們兩人都對我很重要。」

「你想將她們兩人都扣在身邊不放，遠山同學你很傲慢耶。」

「就算被說傲慢也無妨，我會用自己的做法讓她們兩人都幸福給你看。」

「是嗎……老實說啦……剛剛我說過，我現在想立刻再向她告白是真的哦。不過……現在就算我再告白也沒有用吧。高井同學和上原同學看來就是這麼地依賴著遠山同學。即使如此我也不會放棄的……」

至今為止沒變過表情的青木，稍微有些落寞地低下頭。

「你要說的就是這些嗎？」

「對，我對心意已決的遠山同學再多說什麼也沒有用吧。」

「謝謝你請我喝咖啡，請容我先回家了。」

「遠山同學……雖然你和我是情敵，工作上還請忘了這一點，請你好好地做哦。」

「好的，我也想這麼做。青木先生……往後也請多多指教！」

留下青木，遠山往車站開始邁進。

——青木先生……多麼出色的人啊……明明很難受卻不發怒，還對我說些教導我的話。

以作為人來說，以作為男人來說，遠山都無法與他匹敵，遠山心想。

「那麼，雖然說了很難放棄，但我該怎麼做才好呢？不論我怎麼想，以遠山同學為對手，我似乎都沒有勝算呢……」

雖然剛剛逞強了，但青木也無法隱藏住震驚。只是，比起遠山有更豐富的人生經驗，青木重振旗鼓的速度也更快吧。

雖然和青木稍微有些爭執，但之後表面上相安無事，遠山他們三人依然順利地持續著打工。在這段期間，遠山和高井、上原的關係都和往常一樣沒有改變。

「終於到了！我憧憬的夏威夷！」

「不對，不是夏威夷，是沖繩哦？而且妳還在成田機場，還沒搭上飛機耶？」

遠山吐槽伶奈的脫線發言。

終於到了去沖繩旅行的日子，遠山一行人來到了成田機場。

「遠山同學，謝謝你銳利的吐槽。你成長這麼多讓姊姊很高興哦。」

「你們到底在幹嘛啊……話說回來，伶奈姊姊妳特別開心耶？」

在機場大廳中表演漫才的遠山和伶奈，讓相澤很傻眼。

伶奈大概是因為要旅行很開心，情緒十分高漲。

「那當然要開心吧？旅行在即將出發時是最興奮的時刻啦。身在機場時不會覺得雀躍不已嗎？」

「不會，比起雀躍不已，老實說我是忐忑不安……」

與伶奈呈現對照，遠山看來稍微有些緊張。

「哎呀，遠山你難道不喜歡搭飛機？」

「與其說是不喜歡，應該說我第一次搭……」
「那樣的話覺得緊張也不奇怪吧……大家還好嗎？」
伶奈看向身旁的相澤。
「我有搭過飛機所以沒問題。」
「千尋同學呢？」
「我也搭過好幾次所以沒問題。」
「麻里花呢……看起來不像沒問題耶……」
伶奈眼前看到的是表情相當僵硬的上原身影。
「麻里花妳也是第一次搭飛機嗎？」
「是、是的……而且我有懼高症……」
這比單純是初次搭飛機而感到恐懼的遠山還要更嚴重。
「太緊張容易暈機的，放鬆一點就沒事了哦。還是先吃點暈機藥會比較好呢。」
伶奈從小袋中拿出暈機藥遞給上原。
「伶奈姊姊，謝謝妳……」
「只要搭過一次就會習慣，沒事的。飛機的四面都有圍起來，不太會感受到高度。」
沒有扶手的那種地方常會讓人感到高度有多高。只要是有安全感的地方，就算在高處，也不會覺得那麼恐怖。不過假如不覺得飛機本身很安全的話，就不適用了。

「柚實妳……很久沒搭飛機了，沒問題吧。」
「嗯，沒問題。」
「和柚實一起搭飛機是隔了幾年了呢？隔了十年左右？」
「我想大概有那麼久了。是現在幾乎回想不太起來的程度呢。」
當時是她們的父母親還沒離婚，高井也還沒對姊姊感到自卑的時期。
「我倒是記得很清楚哦。明明我們沒預約到靠窗的座位，妳卻撒嬌鬧著要坐在窗邊，幸好有個親切的人願意跟妳換座位呢。柚實妳還記得嗎？」
「有、有點印象。」
「柚實撒嬌的樣子我好難想像哦，有點想看呢。」
「別看她這樣，其實相當任性呢。而且是個很愛撒嬌的小孩，總是追在我的身後跑，非常可愛哪。」
伶奈想起往日回憶，開始感慨地說道。
「好了啦，姊姊，這樣很害羞耶……」
雖說是從前的事情，但以前愛黏著姊姊這件事似乎讓她很害羞。
「伶奈姊姊，差不多是辦理登機手續的時間了，我們走吧？」
廉價航空的航廈有點距離，受到相澤催促，眾人稍微提早往旅客航廈移動。
辦好登機手續，並託運完行李的遠山一行人，在位於出發大廳的美食廣場到處逛著。

「遠山你看你看，有大阪燒以及許多其他店家，感覺好好吃！」

到剛剛都還很緊張的上原似乎很開心。過了一段時間後緊張感就消散了吧。

比較新的旅客航廈有種暫時裝設的感覺，但設有各種餐飲店和商店很適合打發時間。

「真的，雖然我想吃點什麼，但到達沖繩後馬上就是吃晚餐的行程了，得忍耐才行。」

「是呢，不過光是看著這些店家也很開心呢。」

成田機場的第三航廈比起其他航廈相對狹窄，但對第一次來到機場的上原和遠山來說，所見的一切景象都很新鮮。

「遠山、麻里花，差不多該前往登機門了，要去洗手間之類的都先去吧。」

不知不覺間，相澤擔任起了像是旅行導遊的工作。而說到身負監護人工作的伶奈，她正在商店裡逛著一些小雜貨。

「啊，等一下，伶奈姊姊！差不多該走了哦！請不要到處亂晃！」

「美香很適合這種工作呢。」

從遠處看著照顧伶奈的相澤，上原輕笑出聲。

「不是，這樣一來真的看不出誰是監護人了啊。」

話雖如此，遠山也明白當出現緊急事態時，伶奈是很可靠的。

順利地通過了行李安檢區後，遠山一行人往出發巴士等候區移動。

「要從這裡搭飛機嗎？」

到處都看不到飛機，大概和想像的不同，上原不是說給誰聽地低聲道。

「上原同學，要從這裡坐巴士到飛機等候的地方哦。」

沖田回答了上原的疑問。

「咦？要從這裡搭巴士嗎？」

「對，廉價航空的費用便宜，是由較低的機場使用費換來的，搭機場所會設在對客人來說比較不方便的地方。」

沖田為了讓上原容易聽懂，詳細地說明。

「喔……所以才會便宜啊？沖田同學你很了解呢。」

「遠山你知道嗎？」

上原看向遠山，把話題拋給他。

「不，我完全不知道，因為我從來沒搭過飛機呢。」

遠山他們和沖田一邊聊著這個話題，一邊等到了乘車時間。

「佑希，差不多該搭車了哦。」

高井用手指向工作人員開始準備的乘車門口。

到了乘車時間，廣播了搭乘順序，遠山他們為了不錯過自己的號碼而仔細地傾聽廣播。

「遠山同學，搭乘班機時，搭乘順序會從飛機的後方座位叫到前方哦。」

「姊姊，這是為什麼啊？」

「因為登機口在飛機的最前面，要是先讓前方座位的客人進去了，你覺得會變成怎麼樣？」

「……啊，這樣啊！走廊上有客人的話會擋路，後方座位的客人就不能順利進入了。」

「對，在客人座位上放了行李或是有人在的話，會擋到路的。」

「咦……原來有好好思考過呢。」

雖然是理所當然的事，但對第一次搭飛機的遠山來說，是會讓他恍然大悟原來如此的事情。

「那麼，我們的號碼被叫到了要過去了哦？先準備好機票以便驗票吧。」

遠山他們的座位號碼被廣播出來，由相澤打前鋒走向了驗票門。

「遠山，終於要出發了呢。」

剛到機場時雖然神情還很緊張，但上原現在為了第一次搭飛機而雀躍不已。

「上原同學，機票準備好了嗎？」

「嗯，準備好了，你看。」

上原從口袋裡拿出機票給遠山看。

「好，那就走吧。」

經由巴士移動到飛機附近，遠山從登機梯進入了飛機內部。
「哦哦，這就是飛機裡面嗎……意外地狹窄耶……」
遠山低聲說出這句並非對誰說的感想。
「佑希，在這裡哦！」
「呃……我們的座位是……」
當遠山一邊看著機票的座位號碼在找尋座位時，聽見了高井的呼喚聲。
這次運氣很好，一排三個座位選到了兩排，能讓六個人坐在一塊，不需要分散開來。
「嗚哇，好窄啊！前面座位椅背距離鼻尖不到三十公分吧？」
遠山對於與前方座位間隔的狹窄程度感到驚訝。
「真的耶……不過腳邊的空間有比想像的還寬呢？」
連標準體型的遠山和上原都覺得狹窄，對塊頭大的人來說肯定很拘束吧。
「廉價航空就是這樣啊。搭機時間約三小時，遠山同學和麻里花就忍耐一下吧。」
座位順序從前排窗邊起依序為高井、伶奈、遠山，後排窗邊起是沖田、相澤、上原。
等全部的乘客都登機完成後，機艙空服員開始說明注意事項、備品的使用方式等導覽。
大部分的客人都沒有認真看，但第一次搭乘飛機的遠山和上原則是用認真的眼神看著那些導覽。
等到安全帶和置物櫃都大致確認完成後，機艙空服員也坐到座位上並扣上安全帶。起飛的時刻終於到來了。

隨著飛機緩速在滑行道上前進，遠山的心臟跳得也愈來愈快。一離開滑行道，飛機引擎一口氣加大輸出功率，至今從未體驗過的加速使G力作用在遠山的身體上。

「唔哦！」

未曾體驗過的感覺讓遠山忍不住驚呼出聲。

「呀啊！」

正後方的座位傳來了應該是上原的聲音。其他有坐過飛機的人沒有發出聲音，一副若無其事的樣子。

引擎接著更加大輸出，往上加速的感覺讓遠山變得不安起來。

——這真的飛得起來嗎？

當出現這股不安後，他的身體不由得僵硬了起來。而後當飛機達到應該是最高速度的那一瞬間，倏然有種漂浮感襲來，這是因為機體離開了地面。

暫時持續一段時間的飄浮感與加速的G力使人感到不快。雖然遠山也很在意後方座位上的上原，但他沒有餘裕往後探看了。

大概僅過了數分鐘時間，遠山忍耐著漂浮感和G力，隨著廣播響起，需繫好安全帶的指示燈也滅了。

「呼……」

令人不快的漂浮感消失了，得知飛機轉為安穩的狀態後，遠山緩和身體的僵硬，做了深呼吸。

「佑希，你沒事吧？起飛時你似乎相當緊張呢……」

坐在窗邊座位的高井，感覺很擔心似地抬頭探看遠山的表情。

「嗯，我沒事……雖然剛剛很緊張……高井妳沒事嗎？」

「我在最初將要起飛時有點緊張，現在沒事了哦。」

「上原同學！」

遠山將身體往後轉，躍進眼簾的是面無血色並被相澤握住手的上原身影。

「上、上原同學？妳、妳沒事嗎……？」

「遠、遠山……我、我沒事……我只是太過緊張身體有點不舒服而已……」

「上原同學，妳喝這個。」

遠山從放在腳邊的小背包中拿出瓶裝水，遞給了上原。

「遠山……謝謝你……」

上原收下瓶裝水後打開蓋子，含了一口水。

「因為麻里花很緊張，我才會一直握著妳的手。」

自從開始起飛時，為了緩解上原的緊張，相澤似乎便一直握著她的手。

「美香，謝謝妳……託妳的福讓我有點安心。」

「遠山同學，我從前方通過哦。」

擔心著上原的伶奈為了探看上原的樣子，從座位站起身來。

「麻里花妳感覺怎麼樣？」

「多虧了暈機藥，沒有那麼嚴重。」

暈機藥這種藥品光是有吃就會感到安心，不只是藥品的成分有效，有吃藥的這種安心感就會起作用，遠山曾經聽人說過。

應該是拜此所賜吧，與剛才相比，上原的臉色恢復紅潤了。

「飛機的這種環境也容易造成暈機，不過累積幾次經驗後，我想就會習慣了。」

正如伶奈所言，遠山覺得多搭幾次飛機之後，有可能會比較習慣。

「已經可以自由行動了，想去洗手間的人趁現在去吧。因為不知道什麼時候又會指示需要繫好安全帶了。」

被伶奈這麼一說，遠山看向位於前方的洗手間，那裡已經有人在排隊了。

「剛起飛之後洗手間會很多人呢，我想大概是脫離了緊張感的關係。」

「啊，確實是那樣沒錯呢。解開安全帶之後，很多人會先去廁所。」

已經很習慣旅行的相澤也有相同的感想。

「上原同學，我覺得暈機的時候吃點糖果不錯哦。」

沖田從背包中拿出糖果遞給上原。

「沖田同學，謝謝，抱歉造成麻煩了。」
「完全不會，妳沒造成麻煩哦。我一開始也是很緊張容易暈機，是在那時候知道，略帶酸味的糖果對暈機有效。」
沖田遞給上原的糖果是蜂蜜檸檬口味的。
「咦，原來如此，這種經驗分享很寶貴耶。」
「佑希你也要吃糖嗎？」
「不，我沒事哦。」
遠山雖然也有點緊張，但還不到暈機的程度，所以拒絕了。
「嗯，妳的臉色也恢復正常了，應該沒事了。」
伶奈探頭看了上原的臉色，這麼說完便回到自己的座位上。
飛機在起飛之後，持續順利的飛行中，看完放置在座位上的小冊子後，不知如何打發時間的遠山不經意地望向了隔壁座位。伶奈正戴著耳機似乎聽著音樂之類的；窗邊的高井不知何時拿出了書正在閱讀。
——啊，這麼說來我也帶了書。
遠山從腳邊的背包中拿出書開始閱讀。愛好讀書的遠山一開始讀書，瞬間就進入了書中世界，完全聽不見外界的雜音。

從遠山開始讀書大約過了三十分鐘左右吧，坐在隔壁的伶奈突然站起身來。
「麻里花，我們換座位吧。」
伶奈大概是膩了，沒聽上原的回答就開始移位。
「遠山同學你過來我的座位，來。」
不知為何遠山被強制移動到高井隔壁。
「麻里花妳坐這裡。」
這麼說著，她讓上原移動到遠山原本坐著的座位。
「遠山……伶奈姊姊她是怎麼了嗎？」
「不，那個人的行動我不是很清楚。」
話雖如此，伶奈經常是看似一想到就行動，實則是經過計算才行動。伶奈這個換座位的舉動說不定有什麼含意。
「高井，抱歉打擾妳讀書了。」
「不會，看起來是我姊姊打擾到佑希你讀書了，對不起。」
現在坐在遠山左側的是高井，他的右側坐著上原。這是伶奈的體貼之舉嗎，遠山心想。
「我終於能和美香好好聊天了。啊，可以讓我坐到中間嗎，嘿咻。」
「啊，等一下，伶奈姊姊妳在摸哪裡啊？」
「千尋同學，之前在慶生會上也沒和你聊到很多，接下來我們好好聊聊吧。」

「妳、妳說得對。」

移動到後排座位的伶奈的聲音傳來，聽到那番對話，感覺她只是單純想要找相澤和沖田聊天而已。

「姊姊在做什麼啦……」

「伶奈姊姊真是個難以捉摸又不可思議的人耶。」

「我姊姊造成大家的麻煩了，真的很抱歉……」

「高井同學，我們承蒙伶奈姊姊的照顧，很感謝她，妳不用在意也沒關係的。」

認為姊姊造成大家困擾的高井道了歉，上原慌張地打圓場。

「要是沒有姊姊，這次的旅行就沒辦法實現了呢。不管怎麼說她都成為了我們的靠山，是可以仰賴的人哦。」

遠山也受到她非常多的照顧，所以能夠說出他仰賴她。

「要是知道佑希說仰賴她，姊姊肯定會很開心的。」

「高井，被知道這點的話感覺她會拿來胡鬧，請妳幫我保密吧。」

「我不會跟她說的。等你想說的時候，再由佑希你自己去說。」

高井表示重要的事情要自己傳達，但以遠山的角度來說，他會害羞，要他直接說，他實在說不出口。

「有點冷呢……」

機艙內的冷氣開得很強，上原的衣服很薄所以會冷。
「上原同學，我請他們拿毛毯過來吧。」
這麼說完，高井按下呼叫空服員的按鈕。
「佑希你不用毛毯沒關係嗎？不冷嗎？」
像這種廉價航空為了削減費用，使用毛毯是要付費的，於是他們決定只借高井和上原兩人份的毛毯。
「我沒那麼冷，沒關係的。妳們兩人用吧。」
「遠山，像這樣用的話，就能夠用兩張毛毯溫暖三個人了。」
上原攤開自己的毛毯，將三分之一蓋到遠山的膝蓋上。高井的毛毯也同樣地將三分之一蓋到遠山的膝蓋上，藉著從兩側分享給中間的遠山，三個人都能暖和身體。
「這樣做會覺得人的體溫很暖和呢。」
上原用很親人的笑容微笑著。
被高井與上原夾在中間的遠山感受著從毛毯傳來的兩人體溫，那份溫暖十分舒適，讓他在不知不覺間睡著了。在那毛毯之下，高井與上原兩人都握住了遠山的手。
「哎呀呀，他們三個看起來都睡著了呢。」
從後方探頭看的伶奈，以溫柔的眼神看著他們三人感情融洽地一起睡著的景象。

「這三個人真是的……在這種公眾場合還這麼大膽耶。」
「他們三個看起來好幸福，這樣看著我們的心靈也受到治癒了呢。」
相澤是一副傻眼的表情，沖田則是欣慰地看著他們。

「遠山同學、麻里花、柚實，差不多該醒了。」
「唔嗯……我睡著了嗎……？」
被伶奈拍拍肩膀，遠山醒了過來。被他帶動，高井和上原也醒了。
「差不多要準備著陸了，趁現在去洗手間吧。」
伶奈告知到了即將著陸時，會禁止使用洗手間。
「我去還毛毯，順便去洗手間……」
上原似乎還沒完全清醒，以搖搖晃晃的腳步走向洗手間。
「我也去一下。」
高井也追在上原身後去了。
「遠山同學，被兩個可愛的女生夾在中間，感覺很舒服對吧。」
伶奈像是看到有趣的事物般壞壞地笑著。
「那、那是……今天起得很早，加上毛毯很溫暖才會不小心睡著的。」
遠山為了隱藏害羞拚命解釋的樣子，讓伶奈感受到所謂的年輕與青春。

「終於到了！我憧憬的夏威夷！」

「姊姊，這裡是沖繩啦。而且妳那個哏要用到什麼時候？」

到達那霸機場並領取完行李後，遠山與又開始在機場大廳喧鬧著的伶奈重複了與成田機場時同樣的漫才表演。

「遠山同學，你不覺得很興奮嗎？來到陌生土地時會有種雀躍感，這正是旅行的醍醐味啊。」

「姊姊妳是第一次來沖繩嗎？」

「不是，我已經來過沖繩好幾次了喲。」

「那就完全不是陌生的土地了吧。」

「我是說心情上啦，不用在意小細節。」

「那個……你們那種夫妻漫才要表演到什麼時候啊？」

對著將其他成員放著不管自顧自展開漫才表演的遠山和伶奈，相澤冷靜地吐槽道。

「美香，抱歉。我不小心就太嗨了，那麼……大家都到齊了嗎？我們到週租公寓放好行李後就一起前往國際通吧！」

為了搭乘單軌電車移動到週租公寓，遠山一行人從聯絡通道走到外頭。

「好悶熱！」

從有冷氣的抵達大廳一出來，瞬間被沖繩特有的高濕悶熱空氣所罏罩，讓遠山忍不住驚呼出聲。

「佑希，湧現來到沖繩的真實感了呢。」

「千尋你是第一次來沖繩嗎？」

「對，雖然才剛出機場而已，但已經有南方國度的感覺了呢。」

聯絡通道連接了機場與單軌電車車站，只需步行幾分鐘。

「咦？這個要怎麼通過剪票口呢？」

買完車票，正想通過剪票口時，遠山發現沒有地方可以投入車票。

「遠山同學，要掃描讀取車票的QR碼哦。」

伶奈從後方提供了解決辦法。

「咦？真的耶……好不一樣哦……」

單軌電車的車票是藉由感應QR碼來通過剪票口的形式。

「用QR碼當車票好有趣哦。」

上原感覺很稀奇地看著車票。

遠山一行人到達了目的地美榮橋站。

「咦？這個車票要怎麼辦？」

讀取ＱＲ碼就能通過剪票口是很好沒錯，但車票沒有自動回收，變成拿著車票出了站。

「遠山同學，車票要投入那邊的回收箱哦。」

伶奈用手指向設置在剪票口出口處的車票回收箱。

「真的很不一樣！」

沒想到車票回收要由乘客自己來，他想都沒想過。

才剛到沖繩，遠山就受到了沖繩模式的洗禮。

從車站走個幾分鐘，便到達了目的地的週租公寓。

「那麼我去登記入住，你們在外頭等一下。」

伶奈進入了位於一樓的辦公室。

「確實是比旅館還要稍微老舊的公寓的感覺呢。」

正如上原所言，外觀完全就是一間公寓。

「佑希，那裡有自助洗衣哦。」

高井指了指停車場的深處。

「我聽說房間裡有洗衣機，原來外頭也有啊。」

對於長期住宿來說，洗衣機和烘衣機是必備的。

「大家久等了，我拿到鑰匙了，不要弄丟了哦。」

伶奈給每人分發一支鑰匙。和旅館不同，每次進出時不需要在櫃台寄放鑰匙，很方便。
「遠山同學和千尋同學是另一間房間，和我們不同樓層，放完行李後在一樓集合吧。」
先出電梯的遠山和沖田前往目標號碼的房間。
「該怎麼形容呢，是棟有昭和感的公寓呢。」
通道間沒有任何裝飾，有種建造了幾十年的感覺。
「佑希你在昭和年間應該還沒出生吧？」
對於遠山的感想，沖田給了一句正經的吐槽。
「有、有這種感覺啦。你看，有種懷舊感不是嗎？」
「啊哈哈，我開玩笑的。我也覺得有種昭和年代的感覺。」
「千尋你真壞心眼耶，是被姊姊附身了嗎？」
到達目的地的房間後，遠山插入簡易的酒窩鑰匙，打開了門。
「哦哦，比我想像的還要寬敞，雖然還是很有老舊感，但還滿整潔乾淨不是嗎？」
廚房、淋浴間與廁所是個別分開的，這是有兩張床鋪的雙隔間房型。
「咦？沒有洗衣機耶。」
在屋內四處看的沖田低聲說道。
「姊姊她們那邊聽說是家庭式房型，說不定只有大房間才有吧。」
「佑希，差不多該出發了，不然會讓伶奈姊姊她們等的。」

「說得對，等等再來看房間吧。」

伶奈說過接下來吃完飯後會一起到國際通逛逛，要是太悠閒的話就沒時間去玩了。

「咦？看來大家都還沒下來耶。」

沖田環顧四周，她們還沒下來。

「有人說女生會花比較多時間準備出門呢。」

「佑希……謝謝你這次邀我來沖繩旅行。」

「你怎麼又提起這個？要道謝的話，我想你跟伶奈姊姊說的話她會很開心哦。」

「雖然是那樣沒錯。但能像這樣大家一起來沖繩，是我從未想過的事呢。」

就像沖田說的一樣，這是數個月前無法想像的事。和高井相遇，經歷一番波折後，和上原的交情也變得不錯，直至今日。要是沒有高井與上原這兩人的存在，就不會有現在的遠山和現在這個狀況了吧。

——必須感謝大家才行。

來到沖繩之前，青木對他說過的話在腦海中掠過，他說平等地對待兩人只是遠山的自私而已。不過，遠山並不後悔。這麼做的結果是，產生了讓千尋感到開心的「現在」。要是選擇了其他選項的話，就不會有現在，所以遠山不再迷惘。就算這麼做是錯誤的，但要是沒有持續累積「現在」，就不會有未來。

「讓你們兩個久等了嗎？」
和沖田聊了幾分鐘之後，以高井為首的四人也聚集過來了。
「抱歉，我們剛剛在看房間，才有點遲到了。」
上原雙手在胸前稍稍合十並道了歉。
「不會，我們覺得很多東西都很新奇，也看了一下，可以理解妳的心情。」
來到沖繩的雀躍心情，大家都是一樣的。
「那麼就去吃飯吧！是單軌電車搭一站的距離，我們一邊散步一邊走過去吧！」
伶奈似乎也很興奮，情緒相當高漲。可以清楚地看出人就算習慣旅行了，對於開心的事物還是會感到開心。
「雖然我是第一次來沖繩，但這裡的氣氛還是和我們住的城鎮有點不同呢。」
設計獨特的牆壁和屋瓦，一邊步行一邊見到的街中所有事物，都和平常看習慣的街道有所不同，沖田如此說道。
「確實……雖然新蓋的建築物沒有這種感覺，但獨特的建築還是很多呢。」
遠山似乎也感受到與家鄉不同的氣氛。
「姊姊，要在哪裡吃飯呢？」
遠山試著向伶奈詢問目標的餐廳。

「有間店的涮涮鍋很好吃哦。肉質鮮美就不用多說了，它的和風沾醬是真的非常美味啊。也有定食所以價位便宜，我很想讓大家吃吃看。」

從公寓步行約十五分鐘後，到達了目標的餐廳。

「這是什麼……？是豬的銅像嗎？」

在店門前有個像是豬銅像的物件裝飾，是間嶄新好看的餐廳。

「我是高井，有預約六個人。」

進入店裡，伶奈告知店員有事先預約。

──突然有六個人進到店裡，我還在想會有位子嗎，原來她有預約啊……

「姊姊，妳有事先預約啊。」

「是啊，突然來了六個人，有可能店裡沒位子呢。」

像這種地方也是身為年長者的可靠之處，她和遠山他們的經驗值不同。

被安排到包廂的遠山一行人各自開始研究起菜單來。

「姊姊推薦的是涮涮鍋嗎……」

「這間店不管點什麼都很好吃，就算不點涮涮鍋，點你們喜歡吃的東西也行哦。」

伶奈對著邊看菜單邊煩惱的遠山說道。

「涮涮鍋高級套餐需要全員一起吃才行……我點涮涮鍋定食好了。」

「雖然菜單上有很多好吃的……我點和遠山一樣的。」

上原也選擇同樣的餐點，最後大家都點了涮涮鍋定食。

「涮涮鍋定食六個，謝謝。還有，可以全部都搭配和風醬汁嗎？」

詢問完成點餐的伶奈，她說和風醬汁本來只會和涮涮鍋高級套餐搭配，但是另外點的話就會免費附送。

伶奈真的很可靠。

大家的點餐都到齊後，遠山迅速地涮了一塊肉，沾了和風醬汁後吃入口中。

——！

「好好吃！這是什麼？這個和風沾醬超級好吃的耶？」

「我也要吃！」

看見遠山可以稱得上誇張的反應，上原也等不及了，將一塊肉送入口中。

「真的耶……和風醬汁的味道好好吃……我從沒吃過這麼好吃的沾醬啊。」

「是昆布吧？入口的瞬間醬汁的香味瞬間擴散開來，與清爽的豬肉相當合拍。」

高井的評語與遠山的不同，是十分容易理解的感想。

「這真的很美味啊。在我至今吃過的涮涮鍋中是第一名吧。」

這似乎是連擅長做菜的相澤也能心服的味道。

「和風醬汁雖然也很好吃，這個豆漿沾醬也很好吃哦。柑橘風味的醬油也很好吃，可以享受多種風味，就連食量小的我感覺都能吃很多。」

對食量小的沖田來說，涮涮鍋定食感覺分量有點多，但有這麼多種類的沾醬，說不定他能不覺得飽足地吃光光，就像遠山想的一樣，沖田食慾旺盛。

「對吧？這個啊，如果是高級套餐的話，最後一道會出沖繩麵條，那個搭配和風醬汁一起吃是無與倫比的美味哦。」

自己推薦的料理獲得全員一致盛讚，伶奈大概是心情很好，非常高興的樣子。

「以麵條作收尾嗎，那感覺也很好吃呢。」

遠山想吃麵條，但知道定食不能搭配麵條後，便決定放棄。

吃完飯後的遠山一行人走向了國際通，從餐廳走過去大約三十分鐘的距離，剛好適合飯後消化。

一邊欣賞著沖繩的街道，稍微走一段路後，就能看到設計獨特的沖繩縣廳。

通過廳舍前面，穿過琉貿百貨旁邊後，有許多店家林立，從這裡開始就是國際通的起點，也可說是終點。

「嗚哇，好厲害……這些全都是伴手禮店？」

林立的店面幾乎都是伴手禮店，排列在店面的各種伴手禮讓上原的眼熠熠生輝。

「正逢暑假，人潮果然也很多呢。」

「上原同學，小心不要迷路了哦。」

「我已經不是小孩子了，沒問題的。」
口裡說著這些的上原拋下遠山一行人，獨自進入了伴手禮店中。
「啊，麻里花！不要擅自行動啊！」
相澤追在上原身後。
「麻里花和美香都很開心的樣子呢，能夠一起來真是太好了。」
「這也是託姊姊的福啊。千尋也說他很感謝妳哦。」
「對吧，千尋？」
遠山看向沖田。
「對，這次很謝謝妳。能和伶奈姊姊你們一起來，我真的非常開心！」
千尋露出了無憂無慮的笑容。
「千尋同學……你怎麼這麼可愛啊！讓姊姊心動了。」
伶奈打算趁亂抱住沖田，但被簡單地躲開了。
「千尋同學這個冤家～」
雖然她跟平常一樣，但一想到她可能是在掩飾害羞，遠山覺得伶奈看起來稍微有點可愛。
「話說回來，國際通這條路相當長耶。」
「相澤同學，國際通有一．六公里左右哦。」

回答相澤疑問的是高井。

「到那種地步嗎？難怪這麼長……」

實際上因為經過店鋪會進去逛，雖然會覺得走了很長的路，其實從入口進來後並沒有移動多少距離。

「這樣看來，全部的店都要進去逛的話，會走到天亮呢。」

難道上原打算要逛全部的店鋪嗎？看來逛街似乎讓她很開心。

「能夠慢慢挑選伴手禮只有今天了，大家趁現在買好吧。」

明天以後的行程要遠行，不能確定能不能在早一點的時間再次來到國際通，所以伶奈向大家傳達要趁現在買好伴手禮。

「那麼，接下來的三小時要不要自由活動呢？像這樣這麼多人一起移動，配合大家的話，就不能隨心所欲地逛了吧？我也覺得讓大家等我會很不好意思。」

「有人想喝茶，也有人想像麻里花這樣去逛伴手禮店……伶奈姊姊妳打算怎麼辦呢？」

相澤似乎贊成上原的提議。

「是呢……現在剛好是晚上六點左右，天還亮著，三小時的話應該可以吧。」

「太好了！」

看來上原似乎相當想要自由活動，很開心的樣子。

「那麼，晚上九點在這間速食店前集合吧。」

「了解！」

——上原同學很有精神呢，自由活動讓她那麼開心嗎？

「有間店的年輪蛋糕很好吃，所以我想和柚實一起去喝茶，美香你們打算要去哪？」

「我也要去！伶奈姊姊知道的店感覺一定沒問題。」

「那麼美香也一起去吧。麻里花妳打算要去哪？」

「我……想到處逛逛店舖，我就不去了。」

「好，我知道了。遠山同學和千尋同學呢？」

「我要和千尋兩個人到處逛逛。」

「是嗎……麻里花妳一個人沒問題嗎？」

一直說著要一個人觀光的上原讓伶奈覺得擔心。

「我又不是小孩子了，沒問題的。而且我有手機，隨時可以聯絡。」

「我知道了，萬一發生什麼事，一定要聯絡我哦。」

「好，我明白的。」

「要是在晚上九點沒辦法回來的話，一定要和我聯絡。還有，以松山為地名的地方是紅燈區，有很多醉漢，不要靠近哦。」

伶奈有身為監護人的責任，其實並不想讓大家離開她的視線吧。但是她也想讓大家享受旅行的樂趣，所以才會在最大的容許範圍內設下最少的規則。

「咦？這裡應該能來吧？」

和伶奈眾人分開，單獨行動的上原打算前往某家飾品店。來沖繩旅遊之前，在調查許多資料時，她一眼就喜歡上了在網路上看到的一樣飾品，不論如何都想要。

「我不太會查手機地圖……搞不清楚方向。」

可是本來就是路痴的她，又身處陌生的土地，上原迷路了。

「怎麼這附近……男人特別多，路上很多感覺很可怕的人耶……」

上原確認寫在附近電線桿上的地址。

「那霸市松山……難道是伶奈姊姊說過不要靠近的地方嗎？」

站在路上感覺很可怕的人是酒店出來攬客的，在這附近徘徊的男性多半是來紅燈區尋歡作樂的。

「妳很可愛耶，哪間店的？」

上原突然被一個略有年紀的男性聲音搭訕。

「我、我不是！」

被似乎喝醉的男性搭訕，嚇了一跳的上原慌張地逃離現場。

「吁啊吁啊……嚇我一跳……他問我是哪間店的，應該是把我誤認成在酒店工作的女性了吧……」

上原比同年紀的女生還要成熟，又是個美人。穿著打扮也因為來到沖繩旅行，是比較華麗的衣服，可能因此才會被誤認為是酒店小姐吧。

在那之後，她又被誤認成酒店小姐而被搭訕，也有男性想要招募她來酒店上班而找她說話，吃了很多苦頭。

「跟伶奈姊姊說的一樣，這裡是不能靠近的地方……總覺得好可怕……」

像伶奈這種成熟的女性可能有辦法輕鬆地應對，但上原外表雖然成熟，但內心還只是個高中生小孩，在這種地方被男性搭訕應該會感到恐懼吧。

「不該一個人來的……」

原本上原來飾品店是想要買與遠山成對的飾品送他，所以才不想被別人知道，提議要自由活動。

「咦，這裡是哪裡……」

每當被男性搭訕時，上原就會逃跑，於是來到更深入紅燈區的地方了。

就算看手機地圖也不知道自己在哪裡，上原感到害怕而無計可施了。

「打電話找人來接我好了……」

雖然伶奈說過緊急時刻要聯絡她，但她現在想見的是遠山。

這個時候，遠山和沖田在離國際通有段距離的地方走著。

嗶哩哩哩——

放在褲子後方口袋的手機震動，響起來電鈴聲。

拿出手機確認畫面，這是上原的來電。

「上原同學？」

「喂，上原同學？」

『啊……遠山嗎？』

「怎麼了嗎？」

『那個……我迷路了……就算看地圖也不曉得自己在哪裡……你能來接我嗎？』

「嗯，好，我知道了。那妳知道妳現在在哪裡嗎？有電線桿之類的上面有寫町名嗎？」

『我找找看……』

上原應該是在周圍走動尋找中吧，有一小段時間沒有說話。

『找到了！上面寫著松山一—XX—X。』

「那附近有什麼容易辨認的建築物嗎？像超商之類的。」

『呃……附近有Lawson超商哦。』

「那麼，請上原同學在店裡等我，我現在過去。」

『好……遠山，對不起……』

「不用道歉哦，我馬上就到！」

結束通話後，他用問到的住址在地圖上搜尋。

「佑希，好像是上原同學打給你的，怎麼了嗎？」

「她說她迷路了回不來，所以我們一起去接她吧。」

「嗯，好，我知道了！」

隔著電話聽見的上原聲音，感覺沒有精神而且帶點膽怯。

「我知道地點了！距離很近……千尋，抱歉我們用跑的。」

用地圖查到的地點用跑的大約幾分鐘就能到達。察覺到她在陌生的土地上迷路而正感到不安膽怯，遠山為了更早一秒到也好，於是用跑的。

「幸好超商就在附近……」

只要進入超商，就不會有人再跟她搭訕了吧。上原聯絡到遠山後，鬆了一口氣。

「小姊姊～妳是哪間店的？」

正當上原打算邁步進入超商，就在相當接近店面時，又有男性的聲音向她搭訕了。

「哦，超級可愛耶，真走運～」

至今為止來搭訕的都是中年人且是獨自一人，可是這次是二十歲出頭的年輕男性三人組。其中兩人的神色凶狠，是所謂的「半灰色」的外型，穿著打扮讓一般人看了就不會想靠近。（註：半灰色原文為半グレ，指遊走於灰色地帶的犯罪者。）

「那、那個……我、我不是酒店的小姐之類的……是、是來觀光……那個……」

被三個凶狠的男性給包圍住，上原害怕得動彈不得。

「啊，什麼？妳是來旅行的？那樣的話，我們知道一家不錯的店，一起去喝酒吧。」

「喂，你們這些人，沒看到這個女孩很害怕嗎，就不能再溫柔一點嗎？」

三人之中有個乍看之下外貌普通的男性規勸著其他兩人。

「抱歉啊，這些傢伙有點喝醉了，他們只是外表和嘴巴都比較壞而已啦。」

「上島先生，沒那回事啦～」

「吵死了，你們就是外表可怕才沒女人緣的啦。」

這個叫做上島的男人雖然是其中看起來最正經的人，不過他的談吐很粗俗，散發出讓人不覺得是一般人的氣質。

「吁啊……千、千尋，我想是那邊的Ｌａｗｓｏｎ。」

從接到電話後到看見超商為止一直全力奔跑的遠山和沖田，在看見目的地之後停下了腳步。

「吁啊……佑、佑希，那、那個被三個男人包圍的人，不就是上原同學嗎？」

沖田彎腰將手撐在膝蓋上，正大口喘息著，遠山順著沖田手指的方向看過去，上原的身影躍入眼簾。看見受到神色凶狠的三個男人包圍而膽怯著的上原，遠山不管怎麼看都不覺得是正常的狀況，再次邁步跑向了上原身旁。

「佑、佑希……我也去。」

沖田也追在他身後。

「上、上原同學！」

「遠、遠山？」

「這個小鬼是怎樣？」

大概是因為突然被插進來打岔而感到不快吧，三人組的其中一人狠狠瞪視遠山。面對著不管怎麼看都不像一般人的三人組，遠山也覺得可怕。

「佑、佑希！上原同學！」

慢了一步的沖田也到達了，看見這三人組他可能是出於害怕，往後退了一步。

「連、連沖田同學都來了……」

「又增加了一個，這次是相當可愛的男生耶。你們是認識的嗎？」

「那、那個人是我的同、同伴！雖、雖然不知道發生了什麼事，可、可以請你們放過她嗎？接、接下來跟我談就好。」

遠山也因為害怕而說話不流暢，即使斷斷續續的但他還是說完了。

「小哥，你是這個女孩的男朋友嗎？」

被稱作上島的男人詢問遠山。

「沒、沒錯！」

對於這個提問遠山毫不猶豫地立即回答。就算感到害怕，遠山也直視著上島的眼睛。

「你們兩個，走了。」

「上、上島先生？」

「小哥，我們沒想對那個女孩做什麼，你可以放心。我們的年輕小夥子只是搭個訕而已。」

「原、原來是這樣啊……」

「不說那個了，在這種地方放女朋友一個人不太好哦，還有其他和這些傢伙一樣沒品的混混在哦。」

「上島先生，你說我們沒品很過分耶～」

「吵死了！」

「這裡可不是未成年人來的地方，快點回旅店去吧。」

「好、好的，我明白了。謝謝你的忠告。」

遠山對叫做上島的男人低頭行禮。

「小姐，抱歉嚇到妳了。」

「不、不會……」

叫做上島的男人對上原說了一句道歉的話後，便帶著其他兩人消失在夜晚的街道中。

「啊——————！好、好可怕……」

三人離去後，一直緊繃著的緊張感解開來，遠山都站不直了，膝蓋都快跪到地面了。

「遠、遠山……好可怕啊！」

眼睛裡蓄著淚水的上原撲向了遠山的胸膛。

「上、上原同學？」

上原豐滿的胸部靠了上來，即使是這種時刻，遠山還是輕浮地意識到那份觸感。

「都是我的錯，害得遠山你感到害怕了，對不起……」

「不會，上原同學妳沒發生什麼事就好了。」

「謝謝沖田同學你也趕過來了。」

「不，我嚇得動彈不得，什麼都沒做到……」

「不是那樣的哦，你願意來我就很開心了。」

「總、總之別人都在看我們，快離開這裡吧。」

像上原這麼顯眼的女性抱住男人的景象非常引人注目。在這個地方很可能又會被捲入什麼麻煩，必須趕緊離開才行。

遠山他們三人開始朝著國際通方向走去。

「為什麼上原同學會在那種地方？」

那是距離國際通相當遠的地方，遠山感到納悶地試著問她。

「我有很想要的飾品，打算去店裡買，卻不小心迷路了。就算看地圖也完全看不懂，這時候我被喝醉的人搭訕了好幾次，感到害怕就逃跑了，所以才會來到了剛剛那個地方。」

「是嗎……因為是陌生的土地，就算看地圖也不太懂吧。幸好我不是路痴啊。」

「上原同學妳想去的飾品店叫什麼店名？剛剛跑過來時，我看到好幾家那種店，說不定就在附近哦。」

沖田似乎一邊跑也一邊確認周遭景物。

「沖田同學，是這家店。」

上原讓沖田看看手機中的店家網頁。

「那上原同學想要買的是哪樣？」

「是用繩結編織，附有螢石的手環。」

沖田滑動螢幕看著網頁中的商品照片。

「難道是這個嗎？」

沖田點選了和上原說的特徵相似的商品照片。

「沒錯沒錯！是這個。」

「這家店離這裡稍微有一段距離，走路可能要花三十分鐘。」

沖田啟動手機地圖，用尋找路線查到了。

「上原同學，看來店鋪還在營業中，機會難得要過去看看嗎？」

宣洩鬱悶也是必要的，於是遠山提議要去那家店。

「不了……今天還是不去好了。」

「是嗎……上原同學妳看起來好像很累，我們先回公寓吧。等妳平靜下來再和大家集合就好了，要是狀態還是不好的話，妳直接待在房間休息也可以哦。」

「好，就這麼辦吧。」

「千尋，我先送上原同學回去，我有事想拜託你。」

「好，我剛剛都沒幫上忙，我現在幫你。」

那種狀況是無可奈何的，但沖田似乎很在意。

「等等，來這邊說吧。」

這麼說著的遠山，為了不讓上原聽見，把沖田帶到稍微有一段距離的地方。

「是被上原同學聽到會困擾的事嗎？」

「嗯……算是那樣吧。」

「那你要我做什麼事呢？」

「首先，剛剛在熱鬧街區被醉漢糾纏的事情，我希望你能對大家保密。要是被伶奈姊姊知道的話，我想她肯定會自責的。」

「確實……這件事我會保密的。」

「還有，接下來我和上原同學回到公寓的事情，也要請你保密。要是被問起，你就說途中我和你分開行動了就行。」

「好，我知道了。理由我就不問了。」

「幫了大忙啊。」

「還有一件事，剛剛上原同學想買的飾品，我希望你等等去買來。」

「這件事要對上原同學保密？」

「對，要保密。啊，要是有的話，幫我買三條。要是沒有三條，買一條就好了。」

「買三條或一條，知道了。」

「抱歉，拜託你辦這麼麻煩的事。」

「不會的，沒那回事。剛剛沒能幫上忙，我想表示歉意。」

「你可以不用那麼在意的。」

「就當成是我的自我滿足吧。」

「我知道了，那就拜託你了。」

「上原同學，從這裡離公寓很遠，你們搭計程車回去吧。稍微走一段路就是大馬路了，我想應該可以攔到計程車。」

「好，這就交給遠山了，抱歉給你們添麻煩了。」

「妳不用在意哦。」

走到大馬路上攔到計程車之後，遠山和沖田便分開了。

「那麼，去買佑希託我買的手環吧。」

沖田靠著手機地圖走了三十分左右後，到達了目標的店鋪。店面小而整潔，但客人依然很多，由此可見其受歡迎程度。

「咦……也有使用珊瑚製作的飾品耶。」

「要是有賣的話就好了……」

「呃……」

「用繩結編織，附有螢石的手環……有了！」

沖田與店鋪的官方網站照片互相比較，確認沒有弄錯。

「能夠買到三條真是太好了……為什麼要三條呢？一條是上原同學的，剩下的兩條呢？高井同學嗎？算了，大概是要當伴手禮或是禮物吧，請店家幫我包裝吧。」

遠山沒有想過包裝的事，但要拿來當禮物的話是必要的。就算沒被交代，也會機靈應對的沖田，可以說不愧是他。

離開店鋪後，沖田走向集合地點的店鋪所在的國際通。

「這麼說起來，那個時候佑希很肯定地說他是上原同學的男朋友呢……剛剛直到坐上計程車為止他們也一直牽著手，果然是那樣嗎？」

上原對遠山抱有超越友誼的好感，這件事她不遮不掩，連遲鈍的沖田都能察覺到。所以就算她正在與遠山交往，沖田也不會覺得不可思議。

「不過高井同學她……會怎麼樣呢？要說哪邊的話，我覺得佑希會選高井同學呢……」

高井雖然有所克制，但她變得開始不隱藏對佑希的好感，所以似乎連沖田也注意到了。

「總之今天在晚上九點以前，不能讓其他人回去公寓才行……」

沖田在內心發誓，不會讓任何人打擾到遠山與上原兩人獨處的時間。

「上原同學，到公寓了哦。」

在大馬路上很快就攔到了計程車，遠山和上原得以用比較快的時間回到了公寓。

一搭上公寓內的電梯，連電梯門關上都等不及，上原飛撲進遠山的胸膛。遠山接住了她，緊緊抱住上原。

「今天你來救我讓我好開心……遠山，謝謝你……我喜歡你……」

雖然電梯門是關上的，但沒有按下目的地樓層的按鈕。

「要來我的房間嗎？」

聽見這句話，上原默默地點了點頭。

「上原同學，到了哦。」

在電梯到達遠山和沖田位於五樓住宿房間的這點短暫時間中，遠山和上原一直擁抱在一起。

當遠山打算走出電梯時，上原不願放開他的身體。等到電梯門即將再度關上時，遠山按下開門鈕，再次開啟了電梯門。

「上原同學，快沒時間了哦。」

遠山這麼說了之後，上原終於願意放開他的身體。

打開房間的門後，上原先行踏進玄關，遠山也跟在她身後進入了玄關。等門一關上，上原像是給遠山的胸膛來記頭槌般地把頭靠上來。遠山反手將門上鎖，緊緊抱住了上原的身體。

「遠山……你今天也很帥氣哦。」

「會嗎……我被那三個人嚇得不輕耶。」

「即使如此，你還是鼓起勇氣幫助了我。」

「因為上原同學是我重要的人。」

「我好開心……」

上原抬眼凝視著遠山，過了一會兒便閉上了眼睛。遠山將唇瓣與上原的嘴唇疊合，輕啄的吻重複了無數次。這麼一來，等得不耐煩的上原用雙臂環住了遠山的頭，將嘴唇緊貼上去。遠山予以回應，與她舌與舌交纏的親吻。

親吻不知持續了多久，遠山將手伸向了壓在遠山胸膛上的上原的豐滿胸部。

「嗯嗯！」

上原的口中流洩出呻吟。

「遠山，讓我沖個澡……」
「好，我知道了。」
兩人終於從玄關走進了房間中。
「上原同學，妳可以先去沖澡哦。」
「好，我去去就來。」
當上原在沖澡的時候，遠山從錢包中拿出了保險套。因為與高井做愛時會用到，他總是隨身攜帶。
遠山也沖完澡後，兩人一起坐在床上。
「那個……我會害羞，可以關燈嗎？」
「好，我知道了。」
關掉寢室的照明後，遠山再度坐到了上原旁邊。然後他溫柔地將上原推倒，並親吻了她。遠山一邊親吻著上原，一邊抽走了上原的浴巾。
「啊啊……好害羞……」
從窗外照射進來的月光，照亮了上原的裸體。
「妳好美……」
上原的身體很美麗。巨大且形狀優美的胸部，纖細的腰肢，大得剛剛好的臀部，以及細緻光滑無斑點的肌膚。

「遠山……那種事我是第一次……」

「好，我都知道。」

而後在微暗的房間中，兩人的身體交纏為一體。

…………………

………………

……

遠山與上原躺在床上，手牽著手。

「遠山，你醒著嗎？」

「我醒著哦。」

「遠山，那個呢，剛剛我沒有問你，你總是隨身攜帶保險套呢。」

「對……因為和高井做愛時會用到，所以我會隨身攜帶。」

遠山已經決定不再試圖蒙混或是說謊了，所以他老實說道。

「果然，那時候你是為了要和高井做愛呢……」

上原說的那時候是指他被她目擊到買保險套的時候吧。

「我啊……是從那時候開始在意遠山的。然後隨著與你接觸，我變得愈來愈喜歡你……當高井同學對我坦白真相時，我悲傷得無以復加。」

「嗯……」

「不過呢，現在我能夠像這樣和遠山在一起，也是託高井同學的福哦。高井同學和遠山如果不是那種關係，我和遠山就會只是單純的同班同學而已。有遠山和高井同學所累積的過去，才會連結到『現在』的我。所以我想看看遠山和高井同學還有我，我們三個人一起累積的『現在』會走到的未來。」

上原得出的結論和遠山相同。

「妳說得對……我也想要看看那個未來。」

「高井同學她也會願意看著相同的方向嗎……」

「大家的安全帶都繫好了嗎？」

戴著太陽眼鏡的伶奈從駕駛座向大家問道。

「那麼就出發！」

沖繩第二天租了車，預定由伶奈開車前往美麗海水族館。眾人搭乘單軌電車到租車店，然後直接前往水族館。

「首先得去吃早餐呢，接下來我帶大家去沖繩限定的速食店。」

「沖繩限定，聽起來就讓人期待耶。」

沖田的雙眼閃爍著光芒。

「伶奈姊姊的推薦很值得期待呢。」

相澤由於昨天的涮涮鍋一事，在食物方面對她有了信賴感。

「那間速食店叫做什麼呢？」

「麻里花，那是祕密哦。要是被妳搜尋到的話就不有趣了。」

「我搜尋沖繩限定的速食店後，出現了兩間店。」

「柚實？為什麼妳要搜尋啦？」
「姊姊，妳開車要好好看著前面哦。」
昨天的疲勞應該是消除了，從一大早大家的興致都很高昂。

「好，到了！」
目的地「沖繩限定的速食店」到了。下車到了外頭，悶熱的空氣讓人感受到夏天。
「伶奈姊姊，開車辛苦了，謝謝妳。」
「美香，沒關係的，我喜歡開車，妳不用在意。」
「妳這麼說讓我放心多了。」
「美香妳懂得感謝，還會慰勞人，真棒！」
伶奈被喜歡的美香慰勞，似乎很高興。
「A＆W……？」
抬頭看著巨大的招牌，上原讀出了店名。
「還寫著ALL AMERICAN FOOD，哪個才是店名呢？」
「伶奈姊姊，店名是哪個呢？」
「……這麼說起來，是哪個呢？我沒有想過呢。」
「應該是A＆W才對吧？」

「我也是和遠山同樣的意見。」
眾人開始了難以確認的店名論戰。
「麻里花，店名不管是什麼都好。我會帶大家來這間店，是想讓大家喝喝看一種飲料哦。」
「那種飲料好喝嗎？」
「遠山同學，我想應該是好喝吧？」
「為什麼妳說的是疑問句啊？」
「總之先喝喝看就知道了。早餐時間快結束了，趕緊進去店裡吧。」
進到店裡，是一間空間很大，美式裝修風格的時髦店家。
「這個鈴鐺是什麼？」
上原用手指向放在入口附近，有著長長拉繩的大鈴鐺。
「這個叫做感謝鈴，要是妳用餐愉快，要離開店時就拉響鈴鐺吧，是這樣的作用。」
「哦……好有趣呢。伶奈姊姊妳有拉過鈴鐺嗎？」
「我每次都會拉哦。麻里花妳要離開時也拉看看吧。」
「好，要回去時我會試著拉拉看。」
一行人將視線看向貼在入口附近的一張菜單。
「這個時間是早餐菜單，比較推薦的應該是晨間套餐或三明治吧。雖然漢堡不是特別美味，但飲料的麥根沙士我很推薦。不過最好不要全部的人都點來喝吧，風味有點獨特，我想可能有人會不能接受。」

伶奈親切地告知大家推薦餐點。

各自點餐完後，拿著餐點托盤走到座位。因為是大型店面，就算有六個人也能夠輕鬆找到座位。遠山、伶奈和上原點了麥根沙士，其他人則是點了湯或咖啡。

「話說回來，飲料怎麼會用把手啤酒杯盛裝呢……麥根沙士是像可樂一樣的飲料吧？」

盛裝在把手啤酒杯中的黑色碳酸液體，乍看之下就像可樂一樣。

「遠山同學，百聞不如一見，總之你就喝喝看吧。」

「我、我知道了……」

喝著麥根沙士這種謎般飲料的遠山受到了眾人注目。

「嗚噎！這啥啊？」

「佑希，是什麼味道？」

「千尋……你喝喝看就懂了……」

這麼說完，遠山將把手啤酒杯遞給了沖田。

「好、好哦……」

沖田戒慎恐懼地把嘴湊到啤酒杯上。

「嗚噎噎！這啥啊？痠痛貼布？」

多麼驚人啊，但不管怎麼想，除了痠痛貼布以外無法歸類為任何味道。

「麻里花，妳稍微喝喝看吧。」

相澤催促上原快點飲用。

「我、我知道了……」

上原做好覺悟後，將啤酒杯仰頭一飲。

「痠痛貼布！不管怎麼想都是貼布！好，接著輪到美香了。」

「呃……不喝不行嗎？」

「不行，沒有全部的人都喝過這個的話，就沒有來沖繩的意義了啊。」

「那、那我就喝了……」

被伶奈說不行，相澤無可奈何地拿起啤酒杯，將黑色液體含入口中。

「嗯……？確實是痠痛貼布的味道……但意外地順口……耶？」

「美香，就是這樣。喝習慣之後，會覺得『可能算好喝』對吧？不過，卻又無法說它好喝，是很不可思議的飲料。」

被她這麼一說，的確是呢，遠山心想。沖田、相澤與上原肯定也都是這麼想的。

「那麼，最後輪到柚實了。」

高井毫不猶豫地將伶奈點的麥根沙士像水般地喝了起來。

「嗯……好喝。姊姊，這個很好喝呢。」

伶奈之前一直說會喝上癮，說不定這個味道和高井家的舌頭很合拍吧。

就這樣，麥根沙士的試喝大會順利落幕了。三明治和晨間套餐似乎比想像中的還要好吃。

「那麼，早餐也吃完了，接下來我們就直奔美麗海水族館吧。」

就這樣開心的早餐時間結束了，一行人走向門口。

「麻里花，妳覺得這次的用餐既開心又滿意嗎？」

「是的，我覺得很棒！」

「那就請妳拉響感謝鈴吧。」

上原前後左右地搖晃著從鈴鐺上延伸下來的長長拉繩。

喀噹喀噹——

「哇，比我想像的還要大聲。」

搖出的鈴聲大到連上原自己都感到驚訝。

離開了A&W之後，遠山他們從沿海道路轉向山路，穿過山路之後又回到沿海道路，到達了美麗海水族館。

將車子停在立體停車場後，徒步走到水族館。稍微走了一段上坡路後，可看到鯨鯊紀念碑，聚集了正在拍紀念照的觀光客們。

「我們要不要也以鯨鯊紀念碑為背景拍張照呢？」

上原提議道，並請附近的觀光客幫忙拍了全員的團體照。

「拍照片是不是只有我不上相啊？我知道姊姊是模特兒所以很上相，但其他的各位也都拍得很好看耶？」

確認完拍好的照片，遠山覺得難以理解。

「等遠山同學習慣後，拍照也會變得上相的。」

「這是有辦法習慣的嗎？」

遠山向伶奈提出疑問。

「拍照上相的人，是因為清楚自己哪個角度被拍到會最好看，所以面對相機時自然地就會用那個角度與姿勢來拍了哦。」

「原來如此，確實有道理呢。」

能夠將拍照上不上相用理論來說明，不愧是現役模特兒，遠山感到佩服。

「遠山同學你應該不清楚自己最上相的角度和姿勢吧？」

「從以前我就覺得自己不上相，所以一直迴避拍照。」

「所以說，這其實是被拍很多照片時，自然而然就會學會的哦。不過麻里花、美香和千尋同學，當然還有柚實，他們的基礎外貌就很好了，所以不管怎麼拍都好看啦。」

遠山完全不認為自己是帥哥，但被迫面對現實還是讓他有點沮喪。

「不過人不只看臉啦。」
「由姊姊來說這句話，很有說服力呢。」
「對吧？」
不知為何，遠山認為伶奈不是會用臉來選擇男人的女性。
越過鯨鯊紀念碑後，從手扶梯下來的地方就是水族館的入口。爬上坡道後，又從手扶梯下來，是很不一樣的形式。
遠山他們來水族館的半路上，在道路服務區早已事先買好便宜了約三百日圓的預售票，便直接走向入口。
跟大家說在道路服務區可以便宜買到預售票的也是伶奈，她真的是位很值得信賴的人，遠山切實地這麼想著。
通過像是車站剪票口的入場閘門後，最先出現在眼前的是重現淺灘的「礁池的小生物們」，這裡展示著海星等生物。
「海星其實相當硬耶，高井妳有摸過嗎？」
「我應該沒摸過，佑希你是在哪裡摸過的呢？」
「小學時我去遠足的水族館，有個類似觸摸池的地方。海星很硬，但海參很柔軟。還有展出海膽，印象中我好像也有摸到。」

「海膽也可以摸嗎？」

「說不定有分種類吧，我記得遠足當時摸了也沒關係。」

「到了小學生的年紀，好像會開始懼怕那些生物，佑希你都不怕呢。」

「印象中周遭的小孩都很嫌棄，我還記得我把海參拿到那些小孩的眼前時被罵了哦，被罵說不能把生物從水裡拿出來。」

「佑希你小時候原來是個愛惡作劇的孩子啊？和你現在的形象不同呢。」

「是嗎？不，說不定就是這樣。到小學為止我都還會在公園打棒球之類的呢。」

「從什麼時候起，你開始一個人讀書的呢？」

「應該是小學進到高年級時吧？我被那時候常常玩在一起的同年級男生栽贓莫須有的欺負加害者罪名，事情鬧得很大呢。對方說他的東西會不見，或是被丟掉。」

「不過，不是佑希你做的吧？」

「當然，我不會做那種事啊。結果是那個孩子自導自演的。」

「為什麼那孩子要嫁禍罪名給佑希呢？」

「好像是在打棒球時或打遊戲時被我打得落花流水，他很不甘願。」

「那完全是惱羞成怒了。」

「因此我產生了一種想法：『啊啊，一旦和人深交就會吃虧呢』，只要我不與人交流，貫徹漠不關心的話，就不會遭受惱羞成怒的怨恨了，而且不管發生什麼事都不會有人跟我說，我只要說我不知情就完事了，我開始這麼想。由於沒有什麼能做的事，我便一個人讀書，然後也能樂在其中了。」

「原來是這樣啊……我第一次知道你有這樣的過去。」

「我從沒有對人提起過，只有我父母才知道這件事哦。」

原來遠山一直藉由將自己封閉在殼中來保護自己。

「不過，和人扯上關係果然就會發生麻煩事，不論小學生或是高中生皆是如此。」

遠山現在說的是針對上原與遠山的騷擾事件吧。

「你到現在還是覺得不想和人扯上關係嗎？」

高井探看著遠山的表情。

「不……我現在不這麼覺得了。和小學時代不同，我已擁有解決問題的智慧，更重要的是，我與重要的人之間產生了羈絆。」

解決針對上原的誹謗中傷一事的也是遠山的智慧，藉此他也產生了與他人之間的羈絆。要是沒有那個騷擾事件，他與上原的羈絆可能也不會變得那麼強力。而要是沒有與上原的羈絆，他就不會像這樣與高井來到沖繩吧。

「結果，光是逃跑是無法與人產生羈絆的，事情也不會往好的方向轉變。」

「對，這點我也能體會呢。從前我沒有面對媽媽和姊姊，沒有面對自己的內心，真的就是個空殼子。持續依賴著佑希的結果是我考不及格，必須重修。不過，我靠著佑希、相澤同學和沖田同學的幫助解決了難關。就像佑希你說的，就算逃避與人之間的羈絆，事態也不會往好的方向前進，這點我懂。」

高井藉由一點一點地擁有與上原、相澤和沖田他們的羈絆，才能夠破殼而出。而讓她能夠產生這些羈絆的契機是遠山。要是沒有與遠山交流，高井可能到現在依然把自己封閉在殼中吧。

「像這樣，能夠與佑希來到沖繩，也是我面對上原後產生的羈絆所帶來的……」

高井她也同樣地，與遠山和上原看著相同的方向。

「高井，我有件事必須對妳說。」

「什麼呢？」

「昨天，我……跟上原發生關係了。」

為何遠山要將跟上原發生關係的事對高井坦白呢？那是因為藉由現在的談話，他得知高井也與上原看著相同的方向，並且也朝著那裡邁進。遠山和高井、上原的想法開始往相同的方向趨近著。

「……嗯，我隱約有察覺到哦。昨天沖田同學先回到集合點，之後佑希和上原同學才一起回來時，我看到她的表情就知道了。」

「我是——」

「柚實、遠山！你們要在那裡看多久呢？趕快去看鯨鯊吧。」

相澤跑向兩人並對他們這麼說，導致遠山的話說到一半就中斷了。

「高井，我們走吧。」

「你說得對，讓他們等太久也不好呢。」

穿過從「礁池的小生物們」到「珊瑚礁之旅」的展示區後，終於來到了美麗海水族館的重頭戲「黑潮之海」。

「喔喔……好大……」

水槽當然很大，而遠山看見在這樣的水槽中游著的鯨鯊後，除了這句話他想不到別的形容詞。

「好厲害……我來過這裡好幾次，但每次都會為這樣的雄偉與美麗感到驚異啊。」

「姊姊……」

遠山與伶奈兩人並肩而立，仰望著鯨鯊。高井被相澤帶著走了，他們四人也正同樣眺望著鯨鯊吧。

「剛剛你和柚實似乎談了好久，發生什麼了嗎？」

伶奈平常總是愛開玩笑，令人無法捉摸，今天卻有所不同。像朋友般的親近感收斂起來，散發出有點難以靠近的監護人這種大人氣質。

「對，我將昨天……我跟上原發生關係的這件事對高井說了。」

「……遠山同學，你是笨蛋嗎？我可是柚實的姊姊哦，你有可能會被我揍飛耶？」

「是，我明白。不過，姊姊妳對我們三人的關係完全知情，所以我不可能不跟妳說。」

「呼……雖然我喜歡遠山同學你近乎愚蠢的正直，但說不定會有更好的做法哦？」

「我很愚蠢，想不到其他做法。」

「是嗎……不過我不會把你揍飛啦，放心吧。我看到柚實的表情就知道她接受了。那孩子既然如此決定，我就無從插手了。」

「這次妳邀我們三人來沖繩旅行，我想姊姊的意思是不是想讓我們在這趟旅行中得出一個結論呢。昨天我和上原同學談過了。剛剛與高井談過後，我知道我們三人都看著相同的方向，所以我才會決定對姊姊全盤托出。」

「相同的方向是指？」

「現在我們之間的關係是累積過去而成的結果。只要缺少了某一環節，應該就不會有現在的狀況了。所以，我們想知道三人一起累積『現在』之後會走向什麼樣的結局。」

「也就是說，現在的狀況是必然的，是命定？」

「應該就是那種感覺。」

「說不定命定的結局是毀滅哦？」

「說不定是。」

「這樣嗎……你們三人都做好覺悟了呢。所以我能說的就是……在就業以前不要生孩子，大學一定要畢業，直到就業前要再得出一個結論，這些吧。在還是學生的階段，你們三人的關係可能還有辦法保持。不過等到出社會後就不能如此了。不普通的事物會遭到排除，而選擇了這個選項的你們並不普通。」

「是，我知道這不普通。」

「好吧，隨著時間流逝說不定又能看見其他結果吧。」

「有可能如此。」

「這個話題就此打住吧，因為我不能理解。不過，謝謝你據實以告。」

「不會，抱歉讓妳擔心了。」

「真的，你們真是的……我也會在暗地裡守護你們的。」

「姊姊，我很信賴妳。」

「那麼我們也去找大家會合吧。肚子差不多餓了，吃午餐吧。」

與上原他們會合的伶奈和遠山，一邊看著鯨鯊一邊吃午餐，並到處逛了剩下的展區。除了室內展區外，還有室外的展區，全部逛完之後，太陽已開始西沉。

「那麼，差不多該回去了。今天的晚餐就決定吃沖繩料理嘍。」

回程到伶奈推薦的沖繩料理店吃晚餐，結束了沖繩旅行的第二天。

沖繩第三天是坐船到名為納甘努島的無人島上過一夜。從住宿的公寓搭計程車到約二十分鐘距離的泊港渡輪碼頭搭船出海。

當天早上，一行人從公寓分別搭乘兩輛計程車，在泊港渡輪碼頭的北岸下車。

「那我去櫃檯辦手續，大家在候船處稍等一下吧。」

當伶奈一個人去辦手續時，遠山他們五人走向稍微有一段距離，位於船隻出入處附近的老舊候船處。

「我是第一次搭船，應該不會暈船吧？」

在去程飛機上稍微有些暈機的上原，臉上浮現了擔心的表情。

「聽說到島上差不多需要二十分鐘，應該沒問題吧？妳要是擔心的話，先吃點暈船藥會比較好哦。」

這麼說道的遠山也是第一次搭船，但他不會特別感到不安。

候船處是由混凝土搭建的老舊平房，有可以容納二十人落座的長椅，還有兩個售票處但現在沒有開。

「遠山，問你哦。那裡停著一艘很大的船，但應該不是那艘吧？」

相澤用手指著從候船處可以看見的雄偉遊輪。

「我想應該不是那艘啦。聽說我們要搭的是高速船，應該是更小一點的船吧。」

相澤用手指的那艘船應該不是前往離島的定期船。

「要不要稍微到離船近一點的地方看看？」

「上原同學，妳的行李不重嗎？」

上原想靠近一點看船，將目光看向了遠山。由於今天是去納甘努島過夜的行程，所以行李很多。

「佑希，我會看著行李，你們四個去看吧。」

沖田自願擔任看守行李的工作。

「抱歉千尋，為了待會兒不會慌亂，我先去看看搭船的地方哦。」

遠山帶著上原、相澤和高井前往碼頭的搭船處。

「咦？千尋同學你一個人？大家去哪裡了？」

辦好手續的伶奈與候船處的沖田會合了。

「佑希他們說要事先去看看搭船的地方，我看著行李。」

「他們可以等我會合之後再去看的啊。」

「不，我是主動提出要看行李的，沒事的。」
「是嗎？抱歉，你應該想和大家一起去的吧？」
「呃……我的皮膚很脆弱不太想曬太陽，能待在陰涼的這裡老實說我比較輕鬆。」
「所以你才會穿比較不露肌膚的服裝啊。今天要去海水浴你沒問題嗎？」
沖田下半身穿著七分褲，在T恤上面罩著八分袖的夏日遮陽外套，是較不裸露的打扮。
「我還帶了防曬乳液，以及長袖的水母衣，所以沒問題的。」
「我也有預約休息小屋，你不要勉強哦。」
「好，謝謝妳費心了。」
伶奈設想好各種狀況，從頭到尾都做好準備，沖田在感謝的同時，也不禁抱著敬意。
「伶奈姊姊……我有話想跟妳說，可以嗎？」
「好，可以哦。」
「我一直煩惱要不要保持沉默，但我想還是該對身為監護人的伶奈姊姊說會比較好。」
「嗯，發生什麼事了？」
「其實在第一天晚上——」
沖田將第一天晚上，上原迷路被搭訕的事情仔細地對伶奈訴說了。雖然遠山說希望他保密，但身為監護人的伶奈這麼地替大家考慮周全，如果繼續保密他會覺得對不起她。
「是嗎……所以才會那樣呢……」

「這是什麼意思呢？」

伶奈聽遠山說第一天晚上他和上原發生了關係。作為契機的是原來那件事，這下讓她想通了，但這不能對沖田說。

「沒事，這是我自己的事，你不用在意。謝謝你告訴我。既然遠山同學希望你保密，那這次我就當成沒有聽說過吧。」

「好，謝謝妳……還有，那個……佑希和上原同學正在交往嗎？」

「哎呀，你在意嗎？」

「嗯，我們是朋友，而且這和高井同學也有關。」

高井對遠山抱有好感，連沖田都略有察覺。

「你也有替柚實著想呢，千尋同學，謝謝你。」

「大家都是我重要的朋友，如果可以，我希望大家都能幸福。」

「千尋同學是會為朋友著想的好孩子呢，我想柚實交到好朋友了。我想千尋同學你不需要擔心遠山他們哦，那三人似乎已經找到某種答案了。」

「伶奈姊姊妳有聽到什麼消息嗎？」

「也算啦，不過遠山同學他們如果沒有主動對千尋同學說的話，我也不能告知你詳情……我想沒問題的，所以請你相信他們三個人。」

「我明白了。既然伶奈姊姊這麼說，那我就不擔心了。」

「哎呀，能得到千尋同學的信任讓我很開心，不過我也會出錯的耶？」

「可是，佑希他相信伶奈姊姊，所以我也相信妳。」

「真是的，盡說些讓人開心的話！」

伶奈打算抱住沖田，但今天也被沖田躲開了。

「真是的，千尋同學這個冤家～」

這時候，原本收斂起來的伶奈本性似乎稍微回復了。

「姊姊，謝謝妳幫忙辦手續。」

事先到搭船的地方看過的遠山四人回到了候船處。

「伶奈姊姊，我們去看過搭船的地方了，船似乎還沒到達。要是船到了的話，從這裡就能看見了，等到船來我們再過去也肯定趕得上的。」

「美香，謝謝妳先去探路哦。外面很熱，在船到達以前，先在這裡等候吧。」

在候船處等了十五分鐘後，可以看見目標的船隻在搭船處靠岸了。

「船好像來了，大家差不多該出發了。不要忘記東西哦。」

前往納甘努島的船在海上穩定航行，所以沒那麼搖晃，一路上沒有人暈船，順利地到達了島上。

納甘努島東西約一．七公里，南北約兩百公尺，是細長的無人島。島上沒有河川，不會將土壤沖到海中，所以這裡的海十分美麗。

「唔哇，好漂亮……」

四面都被珊瑚礁所包圍，下船站在小小的離島棧橋上的上原發出了讚嘆聲。

「真的好漂亮……明明很深，卻能清楚地看見海底……」

棧橋距離海面五公尺高，高井靠著扶手探出身子窺看著海。

「沖繩本島的海雖然沒有想像中美麗，但這裡簡直擁有泳池般的透明度呢。」

高井雖然拿游泳池相比，但這裡的海水透明度比劣質的泳池還要更高，澄澈無比。

「那麼等在櫃檯辦好手續，大家各自換好衣服後，在更衣室前面集合吧。」

眾人在伶奈的引導下前往了櫃檯。

從櫃檯領取到置物櫃的鑰匙後，遠山等人進入了男女分開、設有淋浴間的更衣室。

「遠山，久等了！」

女性團體似乎都換裝完畢了，以身穿黑色比基尼的上原為首，從更衣室中走了出來。

「遠山，這件泳衣怎麼樣？」

「呃、嗯，非常適合妳哦……」

遠山看見上原那與高中生相差甚遠的身材，想起沖繩第一天上原沒有穿泳衣，而是全裸讓他看見一切的事情，忍不住移開了目光。

「真的嗎？太好了！我被遠山稱讚了！」

「麻里花妳打算把那裡養大到什麼程度啊？」

從更衣室出來的相澤，看向上原那擁有壓倒性分量的胸部。

「上原同學妳的胸部好大，我好羨慕。」

接著從更衣室走出來的是高井，連她都將視線釘在了上原的胸部上。

「連高井同學都這樣？被那樣盯著看我會害羞的……」

「沒那回事，妳穿著性感的泳衣，被盯著看很正常。」

這裡的觀光客當然全員都穿著泳衣。即使如此，上原的泳衣裝扮還是很顯眼。不……說不定上原的存在本身就很引人注目了。

「佑、佑希，我的泳裝怎麼樣呢……」

高井雖然很害羞的樣子，但還是側眼瞟了瞟遠山，一邊引起他的注意。

「嗯，那個大蝴蝶結很可愛，下面穿的該說是裙子嗎？和高井很搭，很可愛哦。」

高井的泳衣是附有裙襬的比基尼，在胸口有一個大蝴蝶結。而且她還罩著一件附有連衣帽的水母衣。

「謝、謝謝……被佑希稱讚我好開心……」

難以確定是不是被陽光曬的，高井的臉有些紅了，似乎很害羞。

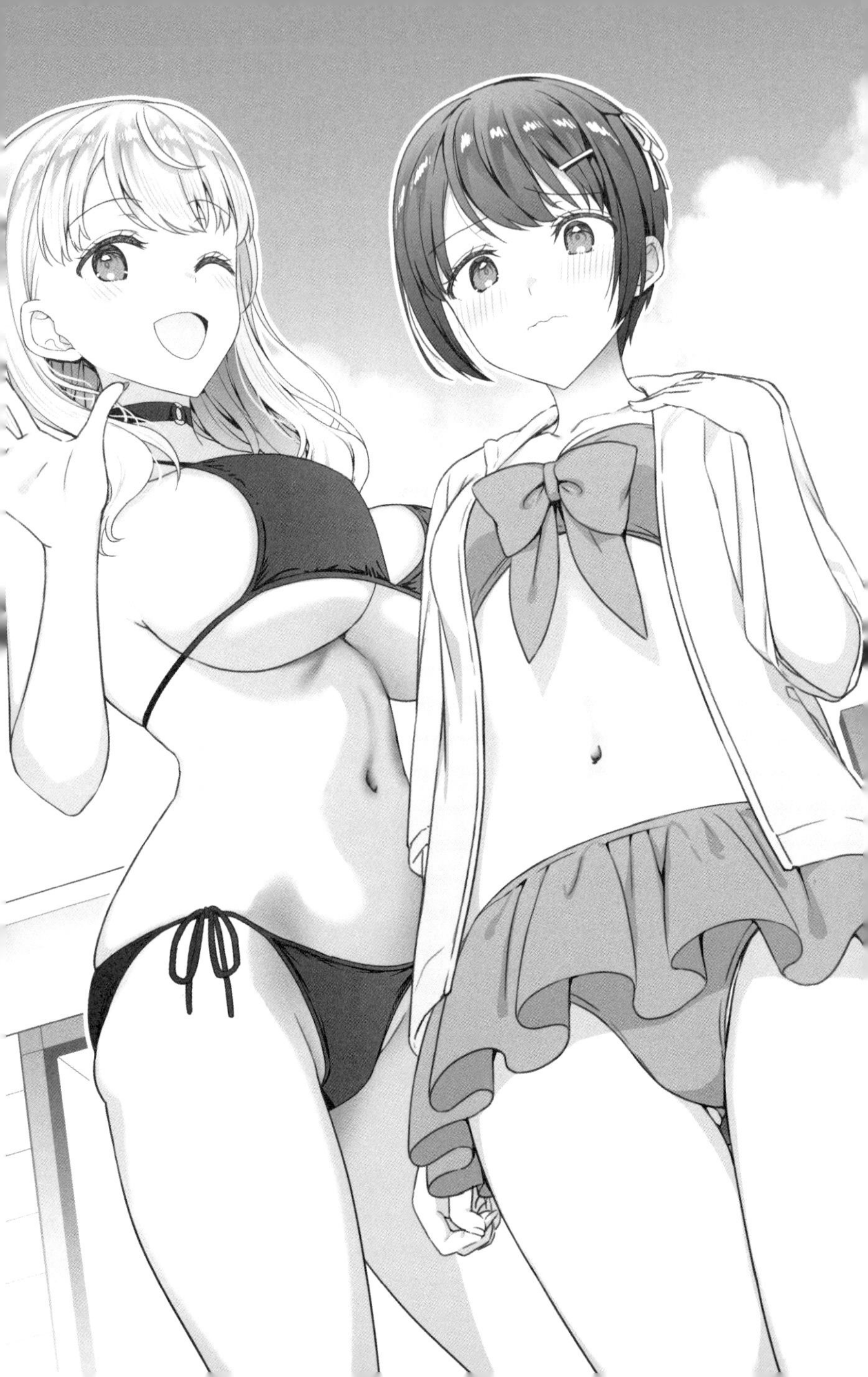

「遠山，我的泳衣如何？」
相澤似乎也想受到稱讚，她面對遠山擺出一個姿勢。
「嗯……相澤同學，很適合妳哦。」
「咦？就這樣？你看泳裝設計或顏色，可以稱讚的地方很多耶？」
相澤的泳衣是粉紅色的比基尼樣式，胸罩和下裝都有褶邊，是可愛型樣式。胸罩的褶邊遮覆住整體，聽說很適合在意胸部尺寸的人，但實在無法對相澤說。
「呃、嗯……褶邊和顏色都很有相澤同學的風格，很可愛。」
「你這很像是實在沒有可以稱讚的地方，努力地找到了稱讚詞的感想耶。算了……你的眼睛有裝看了柚實和麻里花會覺得特別可愛的特殊濾鏡，所以也是沒辦法的吧。」
相澤的雙馬尾配上那套泳衣，就算不透過濾鏡來看也很可愛，很適合她。
「遠山你的泳衣平淡無奇呢。」
正如相澤所言，遠山穿的是普通的衝浪褲。
「男生的泳裝都是這樣吧？千尋也是類似的樣式啊。」
沖田也同樣穿著衝浪褲，但他上身罩著一件長袖的水母衣。
「不過，總覺得不一樣呢……沖田該說是可愛呢還是什麼呢……就算他打扮普通，也很適合他耶。」
這樣的泳裝展示會持續進行著，而適合做最後壓軸的人物現身了。

「大家久等了，換裝花了我一點工夫。」

伶奈稍微晚點才從更衣室走了出來。

「伶奈姊姊，妳好棒！」

上原忍不住大聲說道。

因為伶奈有在當模特兒，她的身材出類拔萃，完美地穿上附有片裙的成熟款式泳衣。

「真的……就像模特兒一樣……」

相澤似乎忘記了，伶奈有所屬的經紀公司，是現役的模特兒。

「相澤同學，姊姊是模特兒啊。」

「啊，對耶……因為那是本職，所以穿這樣也很理所當然吧……」

被遠山吐槽後，相澤似乎想起來了。

「遠山，會浪費時間的，趕快到沙灘上吧。」

上原看來迫不及待地想快點進到海裡。

「我有租休息小屋，把行李放在那邊再去海裡吧。」

休息小屋是南北向，上半部打通的木造建築物，比沙灘陽傘更能遮陽。

「伶奈姊姊，妳連休息小屋都預約好了嗎？」

「當然啦，對女性來說紫外線可是大敵啊。大家都要好好擦防曬哦，不然會長斑的。男生們如果不把肩膀之類的地方擦好的話，會變得像燒傷一樣，之後會吃苦頭的。特別是上半身什麼都沒穿的遠山哦。」

「抹防曬油也可以吧。上頭寫著『SPF4』哦，這個應該是阻斷紫外線效果的數字吧？」

「是那樣沒錯啦，但遠山完全沒有曬黑過，最好擦了防曬後再曬太陽會比較安全哦。」

正如伶奈所言，遠山暑假時幾乎都在家中與圖書館度過，他的皮膚很白皙。

「特別是肩膀、額頭以及鼻子等比較突出的地方，最好都擦上防曬哦。」

關於肌膚保養這方面，遵從伶奈的建議肯定不會錯。

「我知道了，我會照姊姊說的去做。」

「哎呀，遠山同學你相當坦率呢？」

「因為姊姊妳說的話不會錯的。」

遠山也逐漸變成伶奈的信徒了。

「真是的，遠山同學你說了讓我很開心的話呢。不過呢……你可不能愛上我哦？」

自從來旅行之後，可能是由於身為監護人的責任在身，伶奈幾乎沒有捉弄人或是開玩笑的言行，現在終於又恢復伶奈的樣子了。

「愛上姊姊的男人感覺會很辛苦呢。」

「遠山，趕快放好行李，我們去海裡吧？」

受到上原的催促，遠山他們走向了租借的休息小屋。

「呀喝——！是海耶——！」

休息小屋設置在海灘前方，上原在裡頭擦完防曬之後，用最快的速度飛奔向海中。相澤追在她身後，也朝大海跑去。

「高井，我們也走吧。」

「好。」

純白的沙灘上，遠山和高井緩緩地朝大海走去。

「真的好美……」

湛藍的海與蔚藍的天，沒有任何垃圾的純白沙灘，這幅光景似乎讓高井震懾不已。

在這座無人島周圍是被珊瑚礁包圍的淺灘，幾乎沒有波浪十分平穩，是最適合玩水的沙灘了。

遠山一行人正在游泳的這片沙灘是游泳專用的，小船不能進入。對面那側的沙灘則是可以享受香蕉船等活動的地方。

「遠山你看你看，是海參哦海參，有海參。」

遠山與高井進到海裡時，上原似乎發現了海參，正歡快地嬉鬧著。

「遠山，你摸摸看嘛。」

上原用手指著位於水深約一公尺處的海參。

「呃、嗯……可以啊……」
遠山戴上泳鏡下潛，用兩手試著捧起海參，並注意不從水中拿出來。
「遠山，是什麼觸感？軟軟的嗎？」
相澤對著往海面露出頭來的遠山提問。
「相澤同學妳也摸摸看吧？」
「咦？那樣我有點……沒有毒嗎？」
「那我剛剛有摸過了，沒問題的。」
「那麼……我摸摸看。」
「不要從水裡拿出來，要溫柔一點哦。」
「遠山，我知道了。」
相澤也戴上泳鏡，潛到海裡。

「噗哇！」
相澤用手指戳了戳海參，並拿起來看了看之後，把臉露出了海面。
「美香，怎麼樣？」
上原似乎對海參的觸感十分有興趣，詢問相澤的感想。
「麻里花，我摸一下哦？」

「呀啊！美、美香，妳在摸哪裡啦？」

相澤突然隔著泳衣開始揉起了上原的胸部。

「嗯……跟麻里花的胸部差不多的柔軟吧？」

「等、等等，妳是和什麼做比較啊？」

「我也想摸摸看。」

這麼說完，高井也接著潛到海中，開始摸起了海參。

「呀啊！高、高井同學？」

高井在摸了一番海參之後，游近上原身邊，竟然在水裡摸起了她的胸部。

「嗯……跟相澤同學說的一樣，是差不多的柔軟度。」

從水裡探出臉來，高井一副認真的表情。

——高井原本就是這種個性嗎？

來到海邊之後，高井的本性是獲得解放了嗎？

「妳們幾個……是把我的胸部當成什麼了啊？」

「妳問什麼……海參吧？」

「高井同學？妳好過分！」

「不，比海參還大，所以是麻里花贏了。」

「我沒有在比輸贏哦？」

「啊，遠山你也摸摸看吧？」

相澤無視她的吐槽，轉頭面對遠山，並用手指向上原的胸部。

「不、不了不了不了！要是我做出那種舉動是犯罪吧？」

「感覺大家很嗨耶，讓我也加入吧。」

在休息小屋待了一會兒後，一直守望著遠山他們的伶奈脫掉了片裙，進入海中。身穿比基尼的伶奈，毫不吝嗇地展現她的曼妙身材。

「咦？沖田同學呢？」

高井看到一個人在休息小屋裡坐著的沖田，向伶奈問道。

「千尋同學說他皮膚很脆弱，不太能曬太陽。因為不能長時間日曬，所以他說他等等再進來海裡玩一下。」

「這樣會不會對沖田同學很不好意思呢？」

相澤對於只有自己一群人開心感到歉疚。

「千尋同學說：『請大家不要在意他，要開心玩哦』，所以沒關係的。」

「是嗎……那我就不客氣地玩了哦。」

「午餐我預約了ＢＢＱ，到那時再幫千尋同學烤多一點肉吧。」

「中午吃ＢＢＱ嗎？」

「麻里花，午餐由我請客哦。」
「伶奈姊姊，謝謝妳！不好意思從頭到尾都讓妳費心了。」
就像上原說的，從旅行前開始，遠山和上原就一直受到伶奈的關照。
「沒關係沒關係，只要看到大家都很樂在其中，我也會很開心啊。」
真是個能幹的人，現場的所有人應該都是這麼想的吧。

遠山等人享受了一陣子的海水浴後，沖完澡便前往用餐露臺區。
納甘努島旅行行程中包含午餐輕食，但由於伶奈預約了ＢＢＱ，就變成了豪華的午餐。
「來吧，千尋同學，烤肉就交給姊姊來辦，你盡情地吃吧。」
伶奈成為烤肉總管，不停地烤著肉並不斷盛放到沖田的盤子裡。
「伶、伶奈姊姊，我吃不了這麼多啊。」
沖田的食量說不定比女孩子還小，他的盤子卻裝了滿滿的肉。
「姊姊，千尋他吃不了那麼多。而且這樣只有肉類耶，比起肉，千尋更喜歡吃菜哦。」
「哎呀，是這樣嗎?不愧是好朋友耶，你很了解千尋。那麼，肉就由遠山同學和美香代替他吃吧。」
「為什麼是我？」
「來吧，妳得再吃多一點才行哦。」

伶奈瞥了一眼相澤的胸部附近。

「啊，伶奈姊姊，剛剛妳有一瞬間看了我的胸部對吧？」

「美香，妳多心了。胸部可不是大就好哦。」

「啊啊！妳剛剛果然看了不是嗎？」

——怎麼回事呢……這些成員不知為何都會將話題偏到胸部上……

這應該不是遠山多心了。因為有多達兩位成員擁有比常人更加優異的胸部。

「呼……我已經吃不下了……」

遠山一邊摸著脹起來的腹部一邊喃喃道。

四個女生加兩個男生，其中一位男生的食量還很小，所以無法全部吃完。

「雖然我無法忍受食物剩下，但吃太多不舒服也很困擾呢。」

就像伶奈說的一樣，要是硬吃的話，在回程船上可能會不舒服，難得的快樂旅行也會被破壞了，所以才會選擇不逞強吃掉剩下的食物。

「那麼……現在開始的一小時左右就自由活動吧。可以去游泳，也可以在島上散步，要在休息小屋睡覺也行，休息到肚子稍微消化完畢吧。」

多虧有伶奈管理行程，遠山他們才能專心玩樂。感謝伶奈。

「伶奈姊姊打算做什麼呢？」

上原看向了伶奈。

「我要吃飯後甜點，會在這邊喝一會兒茶吧。」

「伶奈姊姊，妳還要吃嗎？」

在女生陣營中，伶奈剛剛吃的量是最多的，相澤無法隱藏她的訝異。

「有句話說：『吃甜點是另一個胃』吧？」

「姊姊很愛吃甜點哦。」

「咦咦？這樣竟然還能維持那種身材，是有什麼祕訣嗎？」

上原大概是很在意吧，目光熠熠地積極插嘴發問。

「我也很想知道。」

相澤也很有興趣的樣子。

「那麼我們一邊喝茶一邊聊吧？」

「我也有興趣，我想要變得能夠吃多一點，關於這方面也想請妳指點一下。」

上原、相澤與沖田三個人看來都對伶奈的吃的祕訣很有興趣。

「佑希，要不要一起在島上散步呢？」

高井似乎對伶奈要聊的話題沒有興趣。

「說得也是……我對減肥沒興趣，和高井去散步哦。」

就這樣一群人分成了茶會組和散步組來度過自由時間。

遠山和高井兩人獨處這件事，以前的上原肯定會在意的，但經過前幾天坦白了自身想法，接納了遠山之後，她也變得不在意了。

在島上散步的遠山和高井來到了和剛剛游過泳的海灘另一側的沙灘。在那裡可以看到香蕉船在海面衝刺著，以及遠方天空中正在玩海上拖曳傘的觀光客身影。

「那種活動好像也很開心，但我比較喜歡悠閒地看海呢。」

「我也覺得待在休息小屋看書比較好。」

以遠山來說，光是在活動準備階段時他就會覺得麻煩了。

「一邊看海一邊讀書也很好呢，要是我有帶點書來就好了。」

由於是來玩海水浴，就連遠山也不會特地帶書過來。

「我有帶哦。不過今天應該沒辦法了，下次有機會再來時再試試看吧。」

不愧是書蟲高井，不管去到哪裡都不會忘記讀書。即使是遠山，他對書本的愛似乎還是輸給了高井。

之後，為了到處看看島上的設施，他們從用餐露臺區前進到有段距離的地方。

島上雖然有綠意，但也只是比遠山的身高稍微高一點的雜草而已。走在兩旁生著稍微高了點的雜草的小路上，會到達島上最為隆起的地方。這裡是納甘努島標高最高的地點，立著「標高八公尺」的路標。

兩人想爬上小丘，但由於路面是砂地且他們穿著海灘涼鞋，所以很難爬。遠山拉著高井的手，想辦法登上了小丘上。

「喔喔，從這裡可以看見島的全貌呢。」

由於沒有高大的樹木，僅僅八公尺的高度就能三百六十度環視島上風光。

「像這樣一看，才發現真的是狹長型的島嶼呢。」

與一．七公里的長度相比，寬度只有兩百公尺而已，所以可以看出有多麼地狹長。

「環顧四面盡是湛藍海洋與潔白沙灘，原來有這麼棒的地方啊。要是我沒認識高井的話，就不會來到這裡了吧……」

要是他沒與高井成為炮友關係，就不會認識伶奈，也不會與高井來到沖繩旅行了吧。

「真的呢……過去的事情全部都有其意義，所以……我從未後悔曾與佑希只有肉體關係這件事。」

炮友這種關係無法公開。不過正因他與高井曾是那種關係，才會有現在這個瞬間。

「高井……」

那句話讓遠山更覺得高井惹人憐愛，產生了現在就想緊緊抱住她的衝動。可是，在這個無處可藏身的小小無人島上，遠山只能抑制住湧上心頭的憐愛之心。

「高井，我們回去吧。」

「嗯，說得也是……」

不論遠山或是高井，都充滿了想要碰觸對方的心情。兩人想過至少接個吻也好，但一旦點燃慾火之後，他們沒有自信能夠忍耐。
所以兩人決定回到眾人的身邊。

遠山與高井回到了伶奈等人所在的用餐露臺區。
「散步散得怎麼樣？」
伶奈詢問兩人的感想。
「我和高井爬上了標高八公尺的小丘哦。」
遠山能夠說的只有這件事，因為其他什麼都沒有。
「就這樣？」
「麻里花，其他真的就沒什麼了。在這裡只能登上標高八公尺的小丘，眺望三百六十度的風景而已？」
伶奈對遠山的話進行補充，詳細地說明。
「不過也只看得到海吧，陸地上只有長草。」
伶奈以前來過納甘努島，所以知道除了海以外什麼都看不到。
「那麼，我要再去海裡玩一趟，大家打算做什麼？」
「伶奈姊姊，這次我也要下海玩。難得都來了，至少我想游一次泳。」
沖田雖然一直躲避日曬，但他說短時間的話沒問題。

「那就決定了，這次大家一起下海吧！」

上原這麼說完，便快步朝休息小屋走去。遠山等人也跟在上原身後。

「這麼說起來，我感覺沖繩的海好像完全沒有海潮味耶。」

遠山似乎想到了什麼，一邊從海灘走向海中，一邊不是對誰說地喃喃道。

「啊，確實如此呢。從沖繩本島搭船時，我也覺得幾乎沒有聞到海的味道。」

相澤也與遠山有同樣的想法。

「是那個吧？因為這裡的海很乾淨吧？」

「上原同學，的確有這個可能。伶奈姊姊妳有什麼頭緒嗎？」

「嗯……我也不知道耶。就像麻里花說的一樣，因為這裡的海很乾淨吧？」

就連伶奈也沒辦法通曉到那種地步。

在那之後，讓沖田也摸摸看海參，盡情遊玩後，遠山隔著泳鏡觀察到有閃閃發亮的大量某種東西，從水中移動過來。

「大、大家有看見那個嗎？有什麼往這裡過來了！」

遠山從水中探出頭來，對附近的高井等人呼喊著。

遠山再度下潛，觀察那團光源，清楚地看見是從海中有大量的魚群往這裡游過來了。閃閃發亮的是魚的鱗片。

「全、全都是魚！而且數量超多！」

遠山又一次從水裡探出頭來，往沖田等人方向呼喊。聽見他的這番話，沖田等人全都潛入水中。

「噗哇！佑希！好厲害耶……真的是聚成一團，所有魚一起游動耶！」

沖田從水中露出臉來，有些興奮。

「有點像漩渦一樣，好有趣。」

「那樣應該不是被大魚追趕而來的吧？像是鯊魚之類的……」

相對於直呼有趣的上原，相澤說著害怕。每個人反應都不一樣，真好玩呢，遠山心想。

「那個，我希望大家聽我說哦，我知道了一件事。」

「你知道了什麼？」

相澤詢問遠山。

「剛剛不是說到海的味道嗎？剛剛魚群出現的那瞬間，海裡就變得腥臭了哦。海的味道會不會是魚的味道？」

還想著他突然要說什麼，遠山便開始講起海的味道是魚的味道了。

「我覺得應該不是那樣啦……不……被你這麼一說，我也覺得好像變臭了……」

一開始相澤還覺得他在說什麼傻話，但仔細思考後，她確實也感覺到有股腥臭味。

「我也有聞到味道哦！」

上原似乎也察覺了味道。

「我聞不出來呢……」

「我也聞不出來。」

看來沖田與高井沒有察覺到氣味的變化。

「伶奈姊姊妳呢？」

聞到了與聞不到現在票數是三對二。伶奈的這一票將決定海的味道是否來自魚的味道。

雖然未必如此，但要是伶奈也察覺到味道的話，就不是誤認了吧。

「我聞不出來哦。會不會是心理作用呢？」

結果是三對三，票數相同。

是海的味道造成魚腥味呢，還是魚腥味導致海有味道呢？這跟雞生蛋還是蛋生雞變成是同樣的話題了。

「是嗎……會是心理作用嗎？」

還以為有了大發現的遠山看來稍微有些失望。

「那麼啊……遠山同學你可以在大學裡主修海洋學來解開這個謎啊。」

伶奈又開始說些令人意想不到的話。

「不了，我沒有打算在這件事上賭上人生……而且應該早就有人解開謎團了吧。」

當然，關於海洋學是開玩笑的吧。而且只要搜尋網路，想必可以查到很多海有味道的原因吧。

「我差不多要上岸了。」

待在海裡其實很曬，沖田應該也明白。

「那我也上去吧。啊，美香妳能一起來嗎？我想請妳幫我塗防曬。」

伶奈對相澤說道。

「好，我知道了。」

「遠山同學、麻里花還有柚實，你們可以再玩一會兒哦。」

這麼說完，伶奈與沖田、相澤一起從海裡上了岸，走向休息小屋。

沖了一次澡，清洗掉海水的伶奈三人回到了小屋中。

「那麼可以請美香幫我塗背後嗎？」

伶奈這麼說完，開始緩緩地解開比基尼上身的釦子。

「等、等等啊伶奈姊姊？明明沖田人在這裡，妳為什麼要開始脫衣服啊？」

「我覺得如果是千尋同學，讓他看見也沒關係啊……」

「不，完全有關係！」

相澤認真地生氣了，而沖田本人則是一臉困擾。

「沖田，抱歉，請你面向那邊吧。」

相澤開始幫趴在地上的伶奈在背上塗防曬乳液。

「那個，千尋同學，美香，我有些話想說。」

「什麼話呢？這麼慎重。」

還以為她要開完笑，卻突然變成認真的語調，伶奈的變化讓相澤以為發生什麼事了，表情轉為疑惑。

「今天呢，要在納甘努島過夜的只有遠山同學、麻里花和柚實而已哦。」

「咦……？這是怎麼一回事？」

「我們三個人要回去公寓。」

「我不是問那個，是問為什麼只有他們三人要在這裡過夜呢？」

伶奈的回答沒有切中要點，讓相澤的語氣變得強硬。一旁的沖田反而只是默默地聽著她們的對話。

「美香妳對他們三人的狀況大概知道多少？」

「知道多少……妳說的應該是麻里花和柚實都喜歡遠山這件事吧？難道除此以外還有什麼事嗎？」

相澤當然不知道高井與遠山是炮友，而且上原已經和遠山發生關係。只要相澤對這些事不知情，伶奈就無法全盤托出。

「千尋同學你也有察覺到美香說的事嗎？」

「對，我隱約有察覺到。」

「昨天我和遠山同學談過了，像是遠山同學他對她們兩人是怎麼想的，還有往後他要怎麼辦，所以今天我想在這裡讓他們三人得出一個結論。」

「……為了那個結論，有必要只讓他們三個人一起在這裡過夜嗎？回去之後也可以吧……而且三個男女一起過夜，要是出了錯……」

「關於美香妳所想到的出錯，我並不擔心。我希望他們三個連同出錯在內都好好地思考。我覺得要是我們在身邊，他們三個都無法說出真心話，所以我才得出讓他們三個人在這座無人打擾的島上，在只有他們三人的世界裡，互相訴說彼此的真心的這個結論。」

「那種事……我反對。沖田你也是這麼想的吧？」

相澤尋求沖田的贊同。

「我……贊成伶奈姊姊的意見。」

「怎麼會……連沖田你都……」

「美香妳有談過戀愛嗎？」

「……我曾有過喜歡的人，但能否稱之為戀愛……我不知道。」

「戀愛是很麻煩的。有人說：『戀愛是盲目的』對吧？一旦戀愛，就會看不見周遭，無法思考其他事情，特別是像你們這麼年輕的孩子。當然即使成為大人也有人會同樣地看不見周遭，戀愛就是這麼地令人痴狂。」

相澤回想起來了，對上原的誹謗中傷事件中，石山為了成就自己的戀愛，在背地裡進行讓高井和遠山產生疏遠的小動作。然後是高井在期末考中考了不及格。一切的元凶都是戀愛。她不得不承認伶奈說的話是對的。

「你們接下來將面臨大學考試，那三個人要是繼續無法得出結論，再拖延下去的話，肯定會造成影響的。但即使如此，要是由第三者來強硬解決的話，也會留下芥蒂。所以，我想如果讓他們自己好好對話並得出結論，應該會比較容易接受吧。我相信遠山同學、麻里花和柚實，因此我對他們三個人得出的結論沒有異議。即使……遠山同學沒有選擇柚實。」

伶奈在昨天聽聞遠山和上原發生關係之後，取消了原本預約好的兩棟度假屋的其中一棟，也就是說他們三個人會住在一棟度假屋中，她將一切都賭在今天。

「要是伶奈姊姊妳已經下好決心到那種地步的話，我也無話可說……而且我也同意妳說的『戀愛會令人痴狂』。」

相澤當然不是接受了這種作法，她只是無法提出讓伶奈能夠接受的反駁而已。

「我也還不懂得戀愛……不過，我相信佑希、上原同學和高井同學。當然我也相信伶奈姊姊……所以我不反對。」

沖田也拿不出足以反對的什麼理由吧。

「我明白了……雖然我無法完全接受，但我也沒有阻止伶奈姊姊和遠山他們三人的方法。所以我也決定相信大家。」

相澤並不是全盤接受了，但她理解伶奈的考量有其道理，所以她忍住不反駁自己不能接受的事情。

「美香、千尋同學，謝謝你們。接下來我會對他們三個說明，這段時間你們先準備好回去的行李吧。」

「我知道了，我去叫他們三個過來。」

這麼說完，沖田離開了休息小屋，走向他們三人正在遊玩的海邊。

「咦……？姊姊你們要回公寓嗎？那我們也回——」

「遠山同學，你還記得你昨天對我說過的話嗎？今天請你將那些話也傳達給柚實和麻里花吧。」

伶奈打斷了遠山的話。而後她盯著遠山的眼睛，用與平常不同的認真神情向遠山傳達了最後的話語。

「我明白了……姊姊，謝謝妳推了我一把。今天一定會得出結論的。」

「我不知道你們三人會得出什麼樣的結論，不過……我會尊重那個結論。她們兩個就請你照顧了。」

伶奈轉為溫柔的表情，拍了拍遠山的肩膀。

當遠山和伶奈正在說話的時候，上原和高井也沖好澡，從泳裝換成衣服，來到船靠岸處的棧橋為伶奈、相澤和沖田三個人送行。

「美香、沖田同學，明天見了……」

上原有些寂寞地揮著手。

「相澤同學、沖田同學，很抱歉我們的事情造成你們的麻煩了。」

「不，不會麻煩的，妳們兩個都不用在意哦。」

「沖田同學、相澤同學，謝謝你們。」

相澤與沖田一邊向她們兩人揮手，一邊搭上了船。

「伶奈姊姊……從頭到尾都很感謝妳。」

「麻里花，我只是稍微推了你們一把而已，所以要遵從自己的真心哦。我能說的只有這樣。」

「柚實，妳也要順著自己的心意。我會一直站在妳這一邊的。」

「遠山同學，我相信你、還有柚實和麻里花。再見啦。」

伶奈也揮揮手便搭上了船。

遠山等三人在送他們上船之後，前往度假屋放行李。

度假屋中並排著三張單人床，設有一張桌子，連空調都一應俱全。

「連空調都有裝耶……」

上原很驚訝，想必第一次入住的人都是這麼想的吧。

「真的耶……應該是有自用發電設備吧。」

沒想到來到無人島還能住在這麼舒適的房間，就連遠山都不曾想過吧。

「可以理解難怪這裡很受歡迎呢。姊姊似乎在很早之前就先做了預約。」

「那樣的話，真的是對大家很不好意思呢……」

伶奈、相澤與沖田應該都很期待吧，卻為了遠山他們願意放棄了。

這麼一想，他們三個人心裡都充滿了愧疚之情。

「這麼說起來，晚餐是什麼時候開飯呢？」

「佑希，這裡有寫從晚上六點開始。」

高井一邊看著辦理入住時收到的導覽傳單，一邊告訴他。

「是嗎，那時間也差不多了，我們過去吧。」

「人相當多耶。」

上原到達用餐露臺區後，環顧四周並低聲說道。有家族出遊和情侶檔等其他觀光客們正在喧鬧著。

「又是ＢＢＱ嗎……」

又要再吃午餐已經吃過了的ＢＢＱ，遠山等人露出苦笑。

「伶奈姊姊應該忘記住宿附的晚餐也是ＢＢＱ了吧。」

又或者她是想在晚餐時也吃ＢＢＱ，雖然不清楚，但這不像伶奈會出的錯。

「伶奈姊姊難得會出錯耶。」

上原似乎也有同樣的想法。

「姊姊也不是萬能的。」

這麼一想，當完美的人出了錯時，會讓人有種親近感。

「感覺又會剩下呢……」

高井擔心會不會吃不完。

午餐和晚餐連續都吃ＢＢＱ，實在很難辦到。

「不過我肚子很餓，說不定意外地能夠吃完哦。」

下午游了很多泳，花了不少體力，肚子已經開始有空位了。

「說得對……聞到味道我也開始覺得很美味，說不定意外地能吃完哦？」

「吃完了……」

最後三個人都沒有剩下，全部吃完了。

中午感覺是剩下了沖田的份，晚餐時遠山多吃了一些分量，所以能夠吃光。

話雖如此，由於遠山也不喜歡剩下來，似乎有勉強自己吃掉了。

「遠山，你還好嗎？」

上原擔心地探看著遠山的表情。

「嗯，還過得去……」

蔬菜意外地會讓肚子很撐，主要是高井和上原在吃，遠山則是拚命地吃肉，所以才能夠吃完。

「做為飯後消化，到島上散個步吧。運氣好的話，好像還能看到海龜產卵哦。」

根據遠山調查，禁止游泳區的沙灘好像會有海龜出沒。

「天色差不多暗下來了，時間剛剛好呢。」

現在這個時間是剛過七點半左右，太陽快要下山了，等走到沙灘時天色應該會完全暗下來吧。

「話說回來，這裡沒有路燈會變成一片黑吧？我們該怎麼過去呢？」

正如上原所言，無人島上不可能會有路燈。白天時遠山和高井散步就發現沒有路燈了。

「度假屋有放手電筒，帶著那個去應該就可以了吧？」

遠山想起出入口附近有放著ＬＥＤ手電筒。

「遠山，這樣一來我們得先回度假屋一趟才行了。」

為了拿手電筒又回到度假屋，等再次出來時天色已經變暗了。

「妳們兩個都不要離開我身邊。萬一走散了，雖說還有手機的照明可用，但只靠那個我實在放心不下。」

「好，我知道了。我會小心的。」

上原的這句話讓高井也默默點頭。

離開度假屋後，直到海龜會來產卵的沙灘為止，都是一片黑暗，三人走在兩側生長著幾乎與人同高的繁茂草叢的小路上。

「太陽幾乎都西沉了，但比想像中還明亮呢。」

上原看著腳邊低聲說道。

「月光比想像中的還亮呢。」

這是因為四面環海，空氣乾淨且沒有高聳遮蔽物的關係吧。

「佑希，這樣的話只靠手電筒感覺也沒問題呢。」

遠山和高井白天在島上散過步，在腦海中已經勾勒出地圖了，多虧如此他們好不容易才順利走到禁止游泳的區域。

環視四周，沒有其他人影，附近除了遠山三人以外沒有別人。

「有辦法看到海龜嗎？」

上原的胸中充滿著期待。

清澈的空氣中，月光照著大海與沙灘。遠山在離沙灘稍遠的距離，沿著海岸往前走。

三人之間不知何時起不再對話陷入沉默，四周只聽得見波濤聲與踏在砂地地面的聲響。那沉靜柔和的聲音給三人的心帶來了一種無憂無慮感。

就這樣走了幾分鐘，遠山關掉了手電筒，突然止步。

「佑希，你怎麼了？」

當高井開口詢問時，遠山把手指放在嘴唇上，沒有出聲地做了個「噓」的手勢，並指向沙灘的方向。

高井往遠山手指著的方向看去，海龜正在產卵的景象躍入她的眼簾。

確認是海龜後，上原也浮現吃驚的表情。

遠山他們屏住呼吸，不讓海龜發現，決定靜靜地守望著產卵。

海龜用後腳在沙灘上挖洞，會花費大約兩小時在那個洞中一次產下約一百個卵。

——沒想到竟然能夠親眼見識到……真想讓其他人也看到呢。

因為遠山他們的關係，害得大家看不到這般光景，遠山有種罪惡感。

雖然聽說海龜在產卵時會流眼淚，但隔著這段距離是無法確認的。不過，能夠遇見海龜產卵，遠山感動得渾身顫抖。

在他兩旁靜靜守望著的高井和上原，兩人也被這幅令人感動的場面打動了內心，反射著月光的眼瞳蓄積著淚水，雙眼濕潤。

從遠山他們發現海龜後過了大約一小時左右，海龜結束產卵並回到了大海。

「遠山……沒想到能夠見識到海龜產卵，我作夢也沒想過……」

「我好感動……竟然能夠現場看到這種場面……」

上原和高井都還殘留著感動的餘韻，至今雙眼依然濕潤。

「我也……被感動了哦。這麼神祕的事件，我能夠跟高井與上原同學一起看到，真的很幸福。」

「遠山……我也是哦。」

「嗯，佑希……我也是……」

遠山在這裡能夠感覺到三人的心意合而為一了。

「我有話想對上原同學說。」

「好……」

遠山做好覺悟要自己說出一切。

「我在升上二年級後沒多久，就和高井成了只有做愛的關係。當時我和高井都覺得和人扯上關係很麻煩，我認為只要有高井在我就什麼都不需要了。我想高井可能也是這樣。我們對彼此都只圖方便，只是互相舔舐傷口而已。」

遠山做了個呼吸，換成高井開口說道：

「我一直封閉在自己的殼中，度過了初中與高中的時光。在這麼做的同時，我的存在感漸漸地變得淡薄。這種時候，擔任圖書委員的佑希對我說：『妳讀了非常多的書耶』，讓我覺得原來還有人能夠清楚認知到我的存在，我非常開心。所以我想與佑希更加交好，我不想他把我給忘了，於是我邀請佑希來我房間。從那以後我就愈發依賴著佑希了。」

高井說完與遠山初相識的經過後，再度由遠山開口說道：

「那時候，我在買保險套的當下被上原同學當場目睹了。老實說當時我已經有高井了，所以對上原同學沒有興趣。我不想讓事情變得麻煩，所以其實我一直躲著妳。實際上我也被倉島找了麻煩，還被騷擾過。不過經由在班會上申訴受害情形後，出現了不少願意認同我的班上同學，也被相澤同學認可了，我很開心。」

遠山和高井、上原的關係就是從那時開始出現變動的。

接續著由高井開始訴說：

「以那件事為分歧點，我察覺到自己真正的心意。我以前一直認為只有在佑希跟我發生關係時，我的存在才能獲得認可，但其實不是那樣的，事情是更加單純的。我發現我只是單純地喜歡著佑希，所以才會想跟他發生關係……不，是妳讓我發現的……上原同學，是妳。佑希在上原同學的影響下逐漸有了轉變，我則毫無改變，對於逐漸改變佑希的上原同學，我只感到嫉妒與自卑，所以我想要綁住佑希，用身體誘惑他，為了和他在一起，我想要錢，所以埋頭打工考了不及格。可是，以此為契機我和家人才能夠重修舊好。」

儘管是由遠山和高井單方面地訴說著，但上原靜靜地聽著他們說。

「我在那時候受到了上原同學的吸引，開朗積極的上原同學讓我怦然心動，我到最近才明白那應該就是戀愛吧。高井給予了我安心感，我對高井抱持著憐愛之情，但這不能簡單地說成是愛情。我對高井與上原同學抱持著不同的感情，是無法隨意敷衍的喜愛之情。」

高井和遠山終於能夠毫無虛偽地將真正的心意傳達給彼此了。聽到這裡，上原終於開口說道：

「當我……從高井同學那裡聽聞妳與遠山之間的關係時，真的很傷心，既難過又痛苦。不過我聽到那件事後並沒有放棄遠山，反而更加執著了，連我自己都嚇一跳。多虧高井同學對我說：『佑希他受到上原同學的吸引』，我才會覺得要放棄還太早了。而且呢……多虧有高井同學，我才能遇到遠山。正因為遠山與高井同學之間有肉體關係，我才會在他買保險套的時候與他相遇啊。要是沒有那次相遇，我和遠山就不會變成會像這樣一起來沖繩的關係，只會是普通的班上同學。高井同學和遠山所積累的過去，連結到了現在的我。所以……我認為這不是偶然，而是命定的必然。」

上原暗示著高井與遠山是炮友這件事，也是能走到今日的其中一段積累，是有其必要的。

「要是沒有上原同學的存在，我和家人可能不會再次互相訴說彼此的心意。」

高井能夠與家人再度互相理解的契機是上原，這亦是走到今日的必要一環。

「我和高井的中心總是有上原同學的存在。正因為我們三人累積的過去，才有現在的我們。所以……我想知道接下來我們三人累積的『現在』到最後會產生什麼。姊姊說有可能會是毀滅，她也說我們並不普通，我想她說的是對的。要是對我們以外的人說出這件事的話，肯定會被說：『你們好奇怪』吧。可是……即使如此……我還是想知道我們三人所累積的現在最後會導致的未來。」

遠山從斜背胸包拿出三個包裝過的小袋子，遞給上原與高井。

「打開看看吧。」

遠山催促兩人確認內容物。

「手環……？」

高井先打開了袋子。

「這個……難道是……？」

遠山交給兩人的是上原之前說過她想要的繩結編織，附有螢石的手環。

「對，這是上原之前想要的手環，當然也有我的份。如果高井和上原同學妳們和我心意相通，如果妳們也想知道三人一起累積的『現在』會到達什麼樣的未來，我希望妳們戴上手環。當然不管誰先脫下都無所謂，那時就是我們的結束了。也就是說，現在可能就會是那個結局。」

如果有開始，那結束必會到來。三人會持續戴著手環到何時是未知數，連繫起三人的這條手環在某種意義上算是詛咒物品。

一開始戴上手環的是遠山，接著她們兩人也毫不迷惘地將手穿過手環。毫不猶豫地將這個詛咒物品穿戴上身的三人，無疑是壞掉了吧。但他們三人沒有一絲後悔。藉由戴上手環，他們將自身的命運託付給彼此，組成了共依共存的關係。遠山他們三人成為命運共同體，開始朝著相同的方向前進了。

「差不多該回去了吧。」

戴上手環的三人，已經不需要再向彼此做確認了。

回到度假屋的三人，走向淋浴間。

「晚上的時間可以使用洗髮精之類的呢。」

「只用水沖的話，頭髮會變得毛躁，我原本還在想該怎麼辦呢。」

已經先沖完澡的遠山在更衣室前等待著，高井和上原對他說道。

「這似乎是對環境友善且原料天然的洗髮精哦。所有成分都會自然分解，不會汙染水質的樣子。」

「要是白天時也能用就好了。」

「上原同學，像白天那麼多人，大量使用的話，應該還是會汙染海洋的吧？」

「那樣的話我會很困擾，還是算了吧。我不希望這麼乾淨且漂亮的島嶼消失。」

「佑希，在又流汗前先回去度假屋吧？」

「說、說得對呢，如果又流汗的話就白洗了。」

三人回到度假屋，躺在各自的床鋪上。

「明天伶奈姊姊他們會到泊港渡輪碼頭來接我們吧？」

「沒錯，上原同學。在那之後，會到公寓拿放在那裡的行李，就直接去機場了吧。」

「佑希，時間過得好快呢，明天竟然已經要回去了，有點寂寞呢……」

對他們三人來說，在沖繩度過的時間轉瞬即逝。

「明年要準備大學考試，應該哪裡也不會去，下次出來就是畢業旅行了吧？」

「那時候也三個人一起去吧。」

「妳說得對呢，上原同學。」

不論遠山、上原，或是高井，他們都不知道未來的事。即使如此，現在的三人對他們能一直在一起這件事深信不疑。

「佑希、上原同學，我關燈了哦。」

「晚安。」

三人在被窩中，祈禱著這不是一場夢，便進入了夢鄉。

隔天，與伶奈他們順利會合的遠山、高井和上原拿回了放在公寓的行李，便前往機場。

「昨天我們有看到海龜產卵哦！」

上原開心地對相澤和沖田訴說著昨晚發生的事情，如往常一樣的活潑開朗。

另一邊，高井坐在出發大廳的長椅上享受著讀書的樂趣。上原和高井和平常沒什麼不同，和至今為止一樣地度日。

「那麼，遠山同學，你們好好談過了嗎？」

在離大家有一段距離的地方，遠山向伶奈報告昨晚的狀況。

「是的，我對她們兩人表明一切了。」

伶奈知道遠山想要什麼，所以她只想知道她們兩人是否接受了，又或者沒有接受。

「麻里花，妳那條手環和柚實的是成對的嗎？什麼時候買的？話說我的份呢？」

相澤他們的對話傳入伶奈耳中。

「手環？」

伶奈聽見那番話後，看到遠山也戴著那條昨天以前還沒有戴在手腕上的手環，便領悟了一切。

「是嗎……她們兩人都接受了吧。」

伶奈心裡十分複雜。她很肯定說他們不普通，認為接下來等著他們三人的應該會是重重困難。她也不是沒有想過自己說不定能夠幫他們做更多的事。可是，既然把判斷交給了他們三人，她已經無法插手了。

「是的……真的很謝謝姊姊。感謝妳帶我們來沖繩旅行，還有妳昨天的安排。」

「既然你們已經做好覺悟的話，那就沒辦法了呢……我在水族館說過的話，請你千萬不要忘記，我只有這句話要說。」

「我會銘記在心。」

「那麼，遠山同學，差不多該前往出發檢查門了吧。」

「好的，姊姊。」

遠山、高井和上原和睦地並肩走向出發檢查門。他們三人的手腕上都戴著同樣的手環，其上的石頭正閃閃發光。

沖繩的天空中，搭載著遠山一行人的飛機起飛了。

那片蔚藍的天空就和年輕的三人的未來可能性一樣地廣大，是澄澈的青春色彩。

むらさき芋
本舗

距離第二集發售後已半年不見，各位讀者都過得好嗎？我是ヤマモトタケシ。

感謝各位拿起第三集。

第三集能夠像這樣發售，能夠和大家相遇，我感到非常開心。

後記中含有少許劇透，請還沒讀過正文的人要小心。

這回故事的後半將舞台移到了沖繩，沖繩旅行是我想在《無人知曉》中描寫的其中一段情節。

去年（令和四年）夏天，我以取材旅行為名義（其實只是作者想去玩），計畫要去沖繩旅行，但時運不濟因為颱風而兩度延期。最後只能遺憾地中止了。

喜歡沖繩的我，過去曾去過好幾次沖繩旅行（大約十次？），所以是一邊回憶一邊寫的。

只是自從新冠肺炎開始流行後，我約有四年左右沒去沖繩，當時和現在的情況有所不同，許多描寫可能會有差異，這些地方在閱讀時請當成虛構的情節。

在作品中遠山一行人去吃涮涮鍋的店實際上是存在的。那家店真的很美味，我每次去沖繩都必定會去造訪。店名雖然不能寫出來，但如果以作品中的描寫為參考，去搜尋網路的話，說不定找得到。各位去沖繩的時候請務必順路造訪。

還有名為A&W的速食店在作品中登場，這是實際存在的店鋪，招牌的麥根沙士很有名。這種飲料聽說是藥店店員為了病弱朋友的健康所製作的，使用十幾種藥草調製而成，就像作品中遠山他們開玩笑的一樣，是擁有痠痛貼布味道的奇怪飲品。想在沖繩以外的地區喝到的話，例如物產展或是販售進口雜貨的店鋪都有販售，有興趣的人請嘗試一次看看，說不定會上癮哦？

其他還有許多富有特色的沖繩店鋪，我也想寫入書中，但全寫進來的話就會變成美食小說了，會偏離主題只好放棄。可是我有寫在店鋪特典的短篇小說中，希望各位能夠確認特典情報。

接著我會稍微談到第三集的內容。

各位已經讀完的話，就會知道《無人知曉》在第三集便告一段落了。

我在執筆《無人知曉》時，就決定「不寫敗北女角和千篇一律的角色」。我想各位讀者即使看完第二集，也不知道遠山會選擇高井或上原哪一方。

女主角的高井和上原兩方都有粉絲，我想她們各自的粉絲應該都會希望自己支持的人被選上變得幸福。到第二集為止的感想中，也有不管選擇高井或上原哪一方都好，或是即使遠山同時選擇了兩人，只要有能夠讓人信服的理由就行了——等意見。

對各位讀者來說，這是不是能夠接受的結局呢？

針對遠山所提出的答案，我想應該正反論點都有。

然而，這是遠山、高井和上原三人一起提出的答案，輕易就能想像出這三個人選擇的路充滿了波瀾，道阻且長，希望各位讀者能在心裡為他們三人加油。

接下來是謝辭。

這次我交出原稿的時間大幅落後，很抱歉給各位相關人士造成了很大的麻煩。特別是角川Sneaker文庫編輯部，負責對應我的ナカダ編輯，抱歉讓您有了在截稿日逼近時感到胃痛的經歷了。還有，由於原稿拖延導致負責插畫的アサヒナヒカゲ老師的作業時間變得緊迫，我在此致歉。

最後是，連第三集都有買書並閱讀完，給予我支持的各位讀者們、給予初次執筆書籍什麼都不太懂的我建議的ナカダ編輯、繪製出優美插圖的アサヒナヒカゲ老師，以及盡力協助這本書出版的所有人員，我要向各位表達感謝。

我期待著有一天能夠與各位讀者們再度相會，後記到此也要停筆了。

真的很謝謝大家！

追記

《月刊Comic電擊大王》正在連載由ももずみ純老師繪製的本作漫畫化作品，還請各位多多支持。

ヤマモトタケシ

（註：以上為日本方面的情況。）

不時輕聲地以俄語遮羞的鄰座艾莉同學 1~4.5 待續

Kadokawa Fantastic Novels

作者：燦燦SUN　插畫：ももこ

政近中了有希的催眠術而成為溺愛系型男？
描寫學生會成員夏季插曲的外傳短篇集登場！

　　艾莉進行超辣修行而前往拉麵店，遇到一名意外人物？想讓艾莉穿上可愛的泳裝！解放慾望的瑪夏害得艾莉成為換裝娃娃？又強又美麗的姊姊大人茅咲，與會長統也墜入情網的過程——充滿夏季風情的外傳短篇集繽紛登場！

各 **NT$200~260/HK$67~87**

自從能夠讀取他人祕密後，我的校園戀愛喜劇就此開演 1 待續

Kadokawa Fantastic Novels

作者：ケンノジ　插畫：成海七海

弱小的路人甲變身為戀愛強者！
把高嶺之花和辣妹都悉數攻陷，EASY戀愛喜劇！

有一天，我變得能夠「看見」可說是他人祕密的「狀態欄」——高冷正妹其實愛搞笑!?巨乳辣妹其實很純情!?嬌小學姊其實很暴力!?我想趁機和以學校第一美少女聞名、偷偷單戀的高宇治同學加深情誼，卻發現她和學校第一花美男正在交往的真相……

NT$220/HK$73

與其喜歡他，不如選我吧？
アサクラネル
「插畫」さわやか鮫肌
對…對吧!?
咦……？
Kare nanka yori
Watashi no Houga Iidesyo?
Kadokawa Fantastic Novels

國家圖書館出版品預行編目資料

不起眼的我在妳房間做的事班上無人知曉/ヤマモトタケシ作；Cato譯. -- 初版. -- 臺北市：臺灣角川股份有限公司, 2023.10
冊；　公分. -- (Kadokawa fantastic novels)

譯自：冴えない僕が君の部屋でシている事をクラスメイトは誰も知らない
ISBN 978-626-378-051-4(第3冊：平裝)

861.57　　112013282

Kadokawa
Fantastic
Novels

不起眼的我在妳房間做的事班上無人知曉 3（完）

（原著名：冴えない僕が君の部屋でシている事をクラスメイトは誰も知らない 3）

2023年10月11日　初版第1刷發行

作　　者：ヤマモトタケシ
插　　畫：アサヒナヒカゲ
譯　　者：Cato
發 行 人：岩崎剛人
總 編 輯：蔡佩芬
編　　輯：黎夢萍
美術設計：吳佳昫
印　　務：李明修（主任）、張加恩（主任）、張凱棋
發 行 所：台灣角川股份有限公司
地　　址：104台北市中山區松江路223號3樓
電　　話：（02）2515-3000
傳　　真：（02）2515-0033
網　　址：www.kadokawa.com.tw
劃撥帳戶：台灣角川股份有限公司
劃撥帳號：19487412
法律顧問：有澤法律事務所
製　　版：巨茂科技印刷有限公司
ISBN：978-626-378-051-4

SERVICE!!!!!

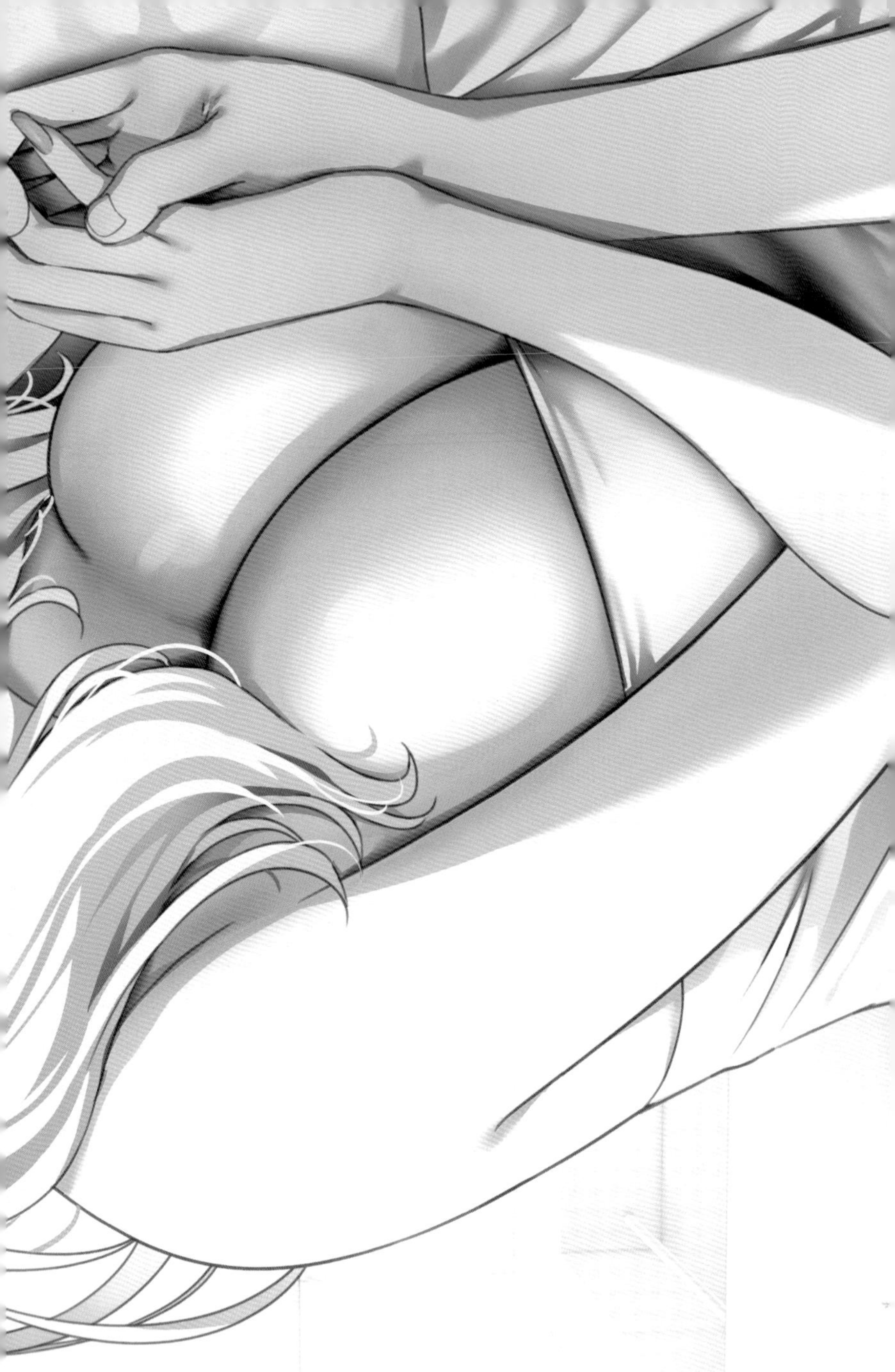

遠山，你醒著嗎？
……我最喜歡你了哦。

3
不起眼的我
在妳房間做的事
班上無人知曉
Kadokawa Fantastic Novels